花房観音

美人祈願

実業之日本社

JN061945

実業之日本社文庫

目次

美人祈願 7
女の神様 47
たまのこし 85
女のあし 125
芸能神社 163
酔いの宮 201
解説　木村寿伸 239

美人祈願

美人祈願

綺麗な人だと、見入ってしまった。

切れ長の目は閉じられていたが、長いまつ毛は少し離れたところからでもわかる。

色白でふくよかな頬は柔らかそうで、厚めの口紅は肌の色を濃くしたような赤みがかったオレンジで塗られていた。

うしろでひとつにまとめられている髪の毛と、うなじに張り付くおくれ毛が色っぽい。

紺のストライプのワンピースのスカートが風にふわりとなびいていた。

日本画から抜け出たようだと思った。

あとになって思うと、あのときから俺は欲情していた。

だから彼女が、俺の視線に気づいたかのようにこちらを向くと、慌てて目をそらしてしまい、動揺のあまり、手にしていた御朱印帖を神社の白砂の上に落としてしまった。

俺が手を伸ばすより先に、彼女が素早く御朱印帖を拾い、じっと俺の目を見ながら、「はい」と渡してくれた。
真正面から見た彼女の顔は、横顔以上に綺麗で、俺は「ありがとうございます」と言いながら、目を伏せてしまった。

その彼女――三崎麻也が、今、俺の身体の下に仰向けになっている。
白い首筋は紅に染まって、唇と同じ色だ。汗で髪の毛が首筋や頬に張り付いて、胸元は荒い呼吸のたびに上下する。

「綺麗だ、麻也さん」

「本当に？」

薄目を開けて、麻也が俺に問いかける。その表情は、どこか不安げだ。

「初めて会ったとき、綺麗な人だと、見惚れてしまった。動揺して不審者みたいになってしまったよ」

「そんなん言ってくれるのは、香坂さんだけ」

「信じられない。こんなに綺麗なのに」

「うちの人は、一度もそんなこと言ってくれなかった」

麻也がそう口にすると、俺は会ったこともない麻也の夫に怒りを感じる。

こんな綺麗な人を、悲しませ、寂しがらせるなんて――もっともそのおかげで、自分が麻也と出会えたのだ。

「綺麗だ、麻也さん。世界一綺麗だ」

「それは言い過ぎ」

「本音（ほんね）だよ」

だから、いい年をして、勃（た）ちっぱなしで、何度でもできるんだよと口にするのは恥ずかしかったので、俺は腰の動きを速めた。

「あっ」

麻也が小さく声をあげる。

さきほどから、ずっとこうして俺の肉の棒は女の身体の中で、離れるのを嫌がっている。

麻也とホテルに来てから、もう二時間は過ぎてるはずだ。一度射精はしたけれど、ふたりで風呂に入り、汗を流して身体を洗い合っていると、また硬くなってきた。

五十歳の男にしては、元気だと自分でも思うし、麻也も驚いていた。

「夫とは、もう十年近く、してないから」

「その間、他の人とは寝てないの？」

最初にホテルに行ったときに、俺がそう聞くと、麻也は無言で頷いた。

その仕草がいじらしくて、ひどく憐れになった。

こんな美しい人を愛さない夫に怒りを覚えたのだ。

しかも、麻也の夫は若い女と浮気をしているという。

「可愛いって、前からその娘のこと褒めてました。夫がよく配達に行く居酒屋の従業員で、二十五歳。私も一度会ったことあるけど、すごく愛想がよくて、確かに綺麗でした。もともと大阪でモデルやって、女優を目指してたって言ってたから、なるほどなって納得したけど、まさか、そんな娘が、うちの夫なんかを相手にするなんて」

下鴨神社の摂社である河合神社。そこで出会った麻也は、徳島で豆腐屋を営む男と暮らす四十二歳の人妻だった。同級生の男と高校時代からつきあって、卒業してすぐ妊娠して結婚し、生まれた娘は東京の大学に行き、今は舅と姑、夫婦の四人暮らしだという。

「徳島に生まれて、徳島から出たことがないんです。男も、夫が初めての男だから――」

他は知らないのだと、麻也は言った。

麻也が京都にひとりで来たのは、優雅な旅行というよりは、夫の浮気が原因の家出だ。

居酒屋の若い娘と関係しているのを知った麻也が夫を責めると、「だってさ、男はやっぱり若くて綺麗な娘が好きだから、しょうがないだろう」と開き直られたのが許せなかったらしい。

「それまでも、何度か女遊びはあったんですが、娘もいたから堪えていました。けど今回は、我慢するのもバカバカしくなってしまったんです。私、高校出て、子育てと豆腐屋の仕事に追われて時間なくて、遊びらしいこともしなくて……自由が欲しくなって、気がついたら京都のホテルを予約してました」

京都に来たのは、中学の修学旅行で訪れた際に、楽しかったからだと麻也は言った。

繁華街のビジネスホテルをとりあえず半月予約して、全く予定を立てずに京都に来た。夫からのＬＩＮＥや電話はブロックして無視しているという。

麻也がホテルに荷物を預けて、まず訪れたのが河合神社だった。

「美人祈願やって、ネットで見つけたからなんです。夫の浮気相手が、綺麗な人やったから……私も美人になりたいって心の底から思ったんです」

あなたはそのままでじゅうぶん綺麗なのにと、俺は言いたくなった。

下鴨神社は、京阪電車の出町柳から高野川を渡り、歩いて十分とかからない。高野川と賀茂川というふたつの川が交わる三角形の合流地には糺の森と呼ばれる場所があり、その北のほうにある、平安京よりも歴史が古い神社だ。

境内が広いせいもあるだろうが、観光シーズンでも人で埋まったりはしないので、散歩するには快適だった。

俺――香坂純一は、今年五十歳になってしまった。

京都の北東、一乗寺に生まれ、父親は公務員で母は専業主婦だ。ふたり兄弟で、優秀な兄は国立大学を出て国家公務員になり、結婚して今は家族で東京に住んでいる。弟の俺は、誰でも入れるような私立大学で教員免許を取得して高校教師になったが、どうも向いてなかったようでストレスで身体を壊し退職した。それからは塾の講師と通信教育の指導の仕事をずっとしている。

儲かるわけではないが、自宅住まいで家賃がいらないのであくせくしなくても生きていける。今まで彼女らしき存在がいなかったわけではないが、親元でのんびり暮らしている自分に愛想をつかされることの繰り返しだった。

傍から見たら、だらしのない、駄目な男だと思われるかもしれないが、何も背負わず競争もしない生き方が、心地よかった。一度、ストレスで身体を壊して嫌な目にあったから、なおさら誰にどう思われようが、しんどいことはしたくないのだ。

独身が気楽でいい。何も背負わなくて済む。

そんな俺が数年前からはじめたのが、休日の神社めぐりだった。もともとは母親の趣味の日帰りバスツアーにつきあっていたのがきっかけだ。五十歳になり、運動不足を痛感したが、何もなくただ歩いたり走ったりするだけなのは退屈だ。せっかく京都に住んでいるのだからと、御朱印集めも兼ねてあちこちをまわってみる気になったのだ。

そこで、麻也に出会った。

美人祈願の河合神社で、手を合わせている美しい人に。

「あれって、なんですか?」

と、麻也は本殿の正面に並べてある、「鏡絵馬(かがみえま)」を指さして聞いてきた。

「鏡絵馬です。売店に売ってるんですけど、手鏡の形してるでしょ。そこに自分の化粧品か、あるいは売店の隣に小屋があるから、その中に置いてあるペンで化粧をほどこして、なりたい顔を描くんです」

「へぇ……美人祈願て、そういうことなんですね」

と、麻也が感心したように言った。

「詳しいですね」

「まあ、京都の人間なんで」

「私、修学旅行以来の京都で、何も知らずに来ちゃったので、ほんと行き当たりばったりで、とりあえずは半月滞在するつもりなんですが、どこに行けばいいかわからないんです。あ、ついでに聞いてしまいますけど、この辺りで甘いもの食べられるところ知りませんか」

それならいいところありますよ、ちょうど自分も甘いものが欲しかったところだと俺は言った。下鴨神社のそばにある「加茂みたらし茶屋」にふたりで入り、みたらし団子を食べながら、みたらし団子は、ここが発祥だと言うと、また感心された。

そして「夕食、ひとりで食べたことないから。でもせっかく旅先なのにコンビニで買ってホテルで食べるのももったいなくて……もしも、お時間あったらつきあってもらえませんか」という麻也と、酒の席を共にすることになった。

「一方的な愚痴(ぐち)を聞いてもらって、ごめんなさい」

そう言って謝る麻也は、やっぱり見惚(みと)れるほど美しかった。

「夜の京都を案内します」と、祇園(ぎおん)をふたりで歩き、酒のせいもあるが気が付けば手をつないで、吸い込まれるようにふたりでラブホテルに入っていった。

「綺麗だ、本当に綺麗だ」

ホテルに入り、麻也を抱きしめようとすると、「シャワーを浴びさせて」と、恥ずかしそうにしながら、するりと俺の腕の中をすり抜けて浴室に入っていく。

ガウンで身体を隠しながら出てきた麻也と入れ替わるように俺はシャワーを浴び

る。

セックスなんて、久しぶりだ。

最後に女にふれたのは、山を越えて雄琴のソープランドに行った三カ月前しか記憶にない。痩せぎすの女で、全く好みじゃなかったが、とりあえず射精して、残ったのは罪悪感だけだった。

もう恋愛など、諦めていた。結婚する気もない、五十にもなって親元にいる男とつきあいたい女も、いないだろう。

腰にタオルを巻き付け、浴室を出ると、麻也がソファーに座って天井を眺めていた。

「勢いで来てしまったけど……十年以上、してないの。だから、本当は、ちゃんとできるか不安」

麻也はそう口にした。

「俺だって不安だ。こんな綺麗な人を、うまく抱ける自信がない。緊張してる」

俺がそう言うと、麻也はタオルの上から俺の股間にそっと手を乗せた。

「硬くなってる」

「うん。だって、麻也さんみたいな綺麗で色っぽい人が目の前にいるから」

「嬉しい。そうやって、女として見られるのなんて、久しぶりだもん」

合わせた唇の隙間から、どちらからともなく舌を差し入れる。

柔らかい厚みのある麻也の舌が、自分の咥内（こうない）を這（は）いずり回ると、下半身に熱が籠もるのがわかった。

唇を離し、ふたりで支え合うようにしながら立ち上がり、ベッドに倒れこむ。

「……電気消して」

「いやだ、麻也さんの顔も身体も見たい」

「もうおばさんなのに」

「おばさんでも、綺麗だよ。何度も言うけど」

俺は麻也のガウンを剝ぐ。

想像していた以上に、真っ白な乳房が現れた。

乳輪は大きめだが、乳首は小さく、綺麗な形のおわん形だ。

下腹部はぷっくりと少し膨らんでいた。その下の陰毛は範囲広く生い繁（しげ）っているが、濃くはなかった。

処理されていない陰毛が、麻也の経験の無さを裏付けているようで、嬉しかった。

俺は手を伸ばし、乳房にふれる。若い娘のような張りは確かにないけれど、手のひらに肌が吸い付くようで心地がいい。少しさわるだけで、先端が硬くなったのがわかる。感じてくれているのだ。

手のひらで乳房から腹を伝い、両脚のつけねにふれる。

「いやっ」と麻也が、小さく声を出した。

「そこは本当に恥ずかしい」

「でも、見たい」

そう言って、俺は麻也の両脚をこじ開ける。

襞は左右対称で、小さく、裂け目の先端にある粒も隠れている。

「ここも綺麗だな」

「恥ずかしいこと、言わないで」

「だって、本当のことだから。感動してる」

そう言って、俺は指を縦の筋に沿うように下から上へと弾く。

「あっ」

たやすく、真珠の粒のような陰核が顔を出したが、思ったよりも大きかった。

「舐めたい――」

麻也の答えを待たずに、俺は舌を伸ばし、顔を埋める。

「あっあっあ、だめぇ……」

麻也が腰を持ち上げようとするので、俺は両手で太ももを押さえつける。

舌先を尖らせ、下から上へ弾くように滑らすことを繰り返すと、麻也の声が「ぁあ、あんっ」と喘ぎ声に変わる。

悦んでくれているのだと思うと、力がみなぎってきた。

「麻也さん、気持ちいい？」

「うん……いやっ恥ずかしい」

麻也はそう言うと、両手で顔を覆い隠す。

頬と首筋、耳たぶが真っ赤に染まっていた。演技ではなく、本当に感じているのだ。

自分の舌先で、美しい人妻が悦んでくれている――。

「あぁっ！　そこっ！　だめぇっ！」

麻也の腰が跳ね上がったのは、俺が裂け目の先端にあるクリトリスを吸ったからだ。もうそこはすっかり表皮がめくれあがっていて、剝き出しになり天に向かって尖っていた。

「あんまり強くしないで――」

麻也がそう口にしたので、「ごめん」といったん口を離して、軽く唇で含むだけにする。

「吸われるの、慣れてないから。私こそごめんなさい」

謝る麻也がいじらしくて、俺は身体を起こし、唇に軽く口をつけた。

「私も……させて。舐めてもらった御礼」

「御礼なんて、いいのに」

「ううん、本当は、私がしたいからなの」

麻也がそう言うので、俺は交替するように仰向けになってベッドに寝転がる。

俺が少し両脚を広げると、麻也がはさまれるように身体を脚の間に置いて、左手でペニスを手にして、「あんまりうまくないけど」と小さく口にした。

「うまくなくて、いいよ」

俺がそう言うと、麻也はぱくりと俺のペニスを咥(くわ)える。

「うぁっ」

思わず声を出してしまったのは、口に入れるなり麻也の舌先が先端の小さな鈴口を撫(な)でまわしてきたからだ。

ひとしきり舌先で先端の小さな鈴口とカリの内側を弄(もてあそ)んだあと、ずぶりと深く咥え込む。

「おうぅ」と、また声が出てしまった。

じゅぽじゅぽと、唾液ですべらす音がして、麻也は一定のリズムで、唇を上下させ、そのたびにカリが麻也の唇で弾かれる。

うまくないけどと麻也はさきほど口にしたけれど、とんでもない。

ふと、実はこの女はそこそこ男を知っているのではないかと疑ってみたが、それ以上深く考える隙(すき)もなく、麻也の唇からもたらされる刺激に身体を委(ゆだ)ねる。

何よりも、自分から好んでしてくれるのが、嬉しかった。

恋人などいなくても、風俗に行けば射精させてもらえるし、五十代に入り衰えてきた自分としてはそれでじゅうぶんだ——最近は、そんなふうに思っていたが、違う。

やはり金を払って受ける性的サービスと、お互いが惹かれ合い、求めあってペニスを咥えられるのとは、大きな差がある。

俺は「落ち着け」と自分に言い聞かせながら、股間に顔を埋める麻也を見た。

切れ長の目、赤く染まった耳元、愛らしい唇が自分のペニスを咥えている姿を見ると、この女が愛おしくてならない。

そして、やはり麻也の夫への怒りがこみ上げてくる。

こんな綺麗な妻がいながら、若いしか取り柄がないような女と浮気して、妻を寂しがらせるなんて、ひどい男だ。

そんな男と別れてしまえと、言いたくなった。

けれど、自分のように旅先でふれあっただけの人間が、責任など取れない。

「もう、いい」

俺がそう口にすると、麻也が顔をあげた。

「我慢できない。麻也さんの中に、俺のを挿れたい」

俺は身体を起こし、麻也をぎゅうっと抱きしめた。そのまま彼女を横たわらせる。

ホテルに入る前は、勃起するか少し心配していたが、大丈夫だ。

これなら手を添えずとも、そのまま入るだろう。

「久しぶりだから……痛いかもしれない。でも、香坂さんとひとつになりたいから」

麻也がそう言って両脚の力を緩めたのがわかった。

「優しくするけど、痛かったら遠慮なく言ってな」

俺はそう口にして、身体ごと前に突き刺すようにして、麻也の粘膜をかき分けるようにしてペニスの先端をつけ、腰を押し込む。

「あ」

「痛い？」

「大丈夫、ぜんぶ欲しい」

麻也はそう言って、俺を抱きかかえるように両手を伸ばして背中にまわしてきた。

「あぁ――気持ちいい――」

麻也が俺の下になり、顎を反らせてのけぞり、声をあげる。

目を瞑り、唇を半開きにし、紅潮したその顔は、やはり綺麗で、俺はほとんど無意識に、「愛してる」と口にしながら腰を動かした。

「ピル飲んでるから、中に出していい」と言われ、そのとおり射精した。俺はもっと一緒にいたかったけれど、「一緒にいると緊張しちゃうから、眠れない」と麻也に言われ、ラブホテルを出て、河原町三条（かわらまちさんじょう）のビジネスホテルまで送り届けてから、自宅へ戻った。

さっきまでの出来事は、現実味がなく、そのせいか帰りの電車の駅を一駅乗り過ごしてしまった。

「お帰り、遅かったね」

帰宅すると、寝間着を着た母親が声をかけてきた。

「ああ、友達と飲んでて」

「珍しいね。でも連絡しなさいよ、あんたのぶん、晩御飯用意しちゃってたんやから」

母は少し不機嫌そうに口にしたので、「ごめん」と謝る。

「そういえば、従兄（いとこ）の圭（けい）ちゃん、いるじゃない」

俺が台所に入って冷蔵庫の中の麦茶をグラスに入れて飲もうとすると母がそう言った。

従兄の圭ちゃん——五つ上だから、五十五歳のはずだ。奈良で小さな会社を経営していて、子どもの頃はよく遊んでもらったが、今は全く疎遠になっている。

確か早くに結婚して、子どもをふたりもうけているはずだ。

「圭ちゃんね、再婚したんだって」

「はぁ？　再婚？　って、そもそも離婚してたのか？」

「そうなのよ。なんかね、略奪愛っていうやつ？　圭ちゃん、会社の事務員の娘と不倫してて、奥さんにバレて揉(も)めて、実は去年、こっそり離婚してたらしいんよ。子どもたちはもう大きくなって、ふたりとも家出てるでしょ。それで、不倫相手の娘と再婚したんやけど、びっくりしたのが、その娘が二十八歳なんやて。前の奥さん、気の毒やわ」

「へぇ……」

数年前、祖母の法事に圭一(けいいち)夫婦も来ていたが、でっぷり太って髪の毛も薄く、年齢より老(ふ)けて見えていた。あんな男が、若い女と再婚なんてと、思ってしまう。それにしても、麻也の夫といい、若い女が好きな同年代の男は多いが、どうも理解できない。そもそも会話が合わないのではないか。

何より、自分がいい年をしていて、若い女を追いかけるのは、みっともない気がしていた。

「だからね、あんたも」

母親が何か言いたげなのを俺は察した。

「今からだって、遅くないって、お母さん思ったわ。ほら、婚活とか」

「俺はいいよ」

そう言いながら、浮かんだのは麻也の顔だった。

人妻なのに――。

「お父さんやお母さんも、いつまでも元気やないし、あんたもひとりになったら寂しいで、今はあんたも身体が健康やから好きにできるけど……」

「寝る」

俺は母の言葉を無視して、自分の部屋に向かった。

背中の向こうから、ため息が聞こえた。母の言いたいことは、わかっている。

何より俺自身が、今日、麻也という女にふれて、今、ひとりでいることを寂しく感じているのだから。

シャワーを浴びずに、パジャマに着替えてベッドに入った。麻也の匂いや感触を洗い流したくなかった。

「中に出してくれていいから——香坂さんの、欲しい」

麻也の上に乗って必死に腰を動かしていたら、自分でもあっけないほどすぐにこみあげてきて我慢できなくなってしまった。

「早すぎて、ごめん、本当に」

と謝ると、麻也は「私の身体で喜んでくれたんですね。すごく嬉しい……だって、ずっと誰にも女として見られなかったから」と言って、目に涙を浮かべていた。

「麻也さんは、本当に綺麗だし、最高だ。なんて言って褒めたらいいか、上手い言葉が浮かばず申し訳ないけど」

そう言って、俺は麻也を抱きしめていた。

ホテルを出ると、麻也のほうから「今度はいつ会えますか」と聞いてくれて、明後日、京都を案内がてら夜を過ごそうと約束した。

その夜は、裸で自分の下になって喘ぐ麻也の姿が脳裏から離れず、明け方まで眠れなかった。

「いいところね」

庭を眺め、畳の上に正座しながら、麻也はそう言った。

今日は若草色のワンピース姿で、同じ色のガラスのイヤリングが耳元に揺れている。

「東山は高台寺や清水寺、平安神宮とか有名なところがたくさんあって、どこも観光客が多いんだ。でも俺はここが一番落ち着くし、好きな寺だ」

俺が麻也を連れてきたのは、青蓮院だった。天台宗の寺院で、入口に空を覆うような大きな楠がある。歴史はあるが、建物は大火災で焼失し、明治以降に復興されたもので、そう古くない。皇室ゆかりの格式のある寺院で、中に上がり畳のある場所でくつろいで庭を見られるのがよかった。

「修学旅行はね、清水寺と二条城と金閣寺に行ったかな。定番コースね。それから京都には来る機会がなかったんです。子どもが小さい頃は、子育てに追われていたし、店の手伝いもしていたから、休みもなかった。夫は地域の青年団やら商工会議所やら……よくあちこち行って遊んでたけど……私はどこにも行けなかった。女って損だなって思う」

麻也がそう言って、目を伏せた。

「あ、また愚痴になっちゃった。ごめんなさい。こうしてひとりで京都をゆっくり旅して、香坂さんに案内までしてもらって、嬉しくて気が緩んじゃうの」

「いいんだよ、緩んでも」

俺は、麻也の手を握りたい衝動にかられるが、人妻だからと、自分を必死で戒めていた。

青蓮院を出て、神宮道を北に歩く。平安神宮の大きな鳥居が見えてきて、麻也は「すごい！」と声をあげた。

もう少し北に歩くと、鳥居の先、左手に京都国立近代美術館と府立図書館、右に京都市京セラ美術館が見えてくる。そして正面、突き当たりに平安神宮の朱塗りの回廊が見えてきた。

「京都って、面白い。修学旅行に来たときにも思ってたけど、古いものと新しいものが、違和感なく並んでて、そこに人が住んでて……」

平安神宮に足を踏み入れると、「大きい！」と、また麻也が子どものように感嘆の声をあげていた。その無邪気さが、愛おしい。

京都に生まれ育った俺からしたら、当たり前にそこにあるもので、いちいち感動することもないので、麻也の反応が新鮮だった。

夕食は、麻也のリクエストで下鴨の創作居酒屋だった。カウンターだけの店で、メニューはコース料理のみ。季節のものを創意工夫して食べさせてくれるということだった。

「こんな店、知らなかった。そもそもおしゃれな店、行かないしな。麻也さんのほうが詳しい」

「ネットで見つけたの。うちの地元には、こういうお店ないから、憧れだった。でもひとりじゃ来にくいから、香坂さんがいてくれて、よかった」

日本酒も、ひとつひとつ違うグラスに入って出てくる。牛肉の白和え（しらあ）など、見たこともない料理が並んだ。

支払いは自分がすると言ったのだが、麻也が「申し訳ないから」と出そうとして、結局、割り勘になった。

食べ終わったあとで、ふたりで夜の下鴨神社を散歩する。参道から木で覆われた砂利道は、自分たち以外誰もいない。真っすぐな道の先は闇で、普段なら不気味に思えたが、隣に麻也がいるせいか、心地よかった。このままずっとふたりきりで佇んでいたかった。

俺は麻也の手を握る。麻也も振りほどこうとはしない。

さきほどまで料理屋で談笑していたはずなのに、周囲の静けさに呑まれたのか、ふたりとも無言だった。

参道の突き当たりの下鴨神社の朱塗りの社殿の前で、手を合わせた。門は閉まっているので、外からしか拝めない。

そこからUターンするように参道を引き返し、歩く。

途中、参道をそれて河合神社の方向へ行くが、やはりここも扉は閉まっている。

——麻也と出会わせてくれてありがとうございます。これからも彼女と一緒にいられますように——

俺は門の前で手を合わせ、そう祈った。

目を開けると、隣にいる麻也がそう口にした。

「まだ、帰りたくない」

タクシーを拾い、岡崎の平安神宮の近くにあるラブホテルにふたりで入る。車の中でも、エレベーターの中でも、ずっと手をつないでいた。

早く部屋でふたりきりになって、麻也を抱きしめたくてたまらない。

「もう、シャワーなんていいから」

靴を脱いで部屋に入った瞬間、俺はそう言って麻也の唇を吸う。

「麻也さん、好きだ。愛してる」

「一昨日、会ったばかりなのに」

「じゅうぶんだ。麻也さんは綺麗で、俺にとっては女神だ。本心から言ってる」

「嬉しい、そんなん誰にも言われたことない」

「麻也さんが、欲しい——」

そう言って、俺はベッドに麻也を押し倒した。

ブラウスを脱がせながら、「欲しい」という自分の言葉は、今ここで抱きたいという欲情だけではないのにも気づいていた。

どうも、俺は人妻に本気で恋したらしい。

誰かを好きになったり恋をするなんて、あまりにも久しぶりで、忘れていた感情だったが、俺は身も心も麻也を必要としている。他の男に渡したくない——。身勝手な浮気者の夫のもとになんか返したくない。

麻也を脱がして自分も裸になる。麻也の両脚を広げて、顔を埋めた。

「いやっ、シャワー浴びてないから、恥ずかしい」

確かに一昨日よりは、汗と分泌物の混じった酸味混じりの匂いが漂ってきたが、嫌ではない。

「麻也さんの匂い、好きだ」

俺はそう言って、音をたてすすり込むように裂け目の縁にある襞を唇で含み、吸い上げる。

「あ……だめ」

麻也の腰が浮くのと同時に、匂いもきつくなった気がした。

口を離し、そっと中指を差し入れ、「濡れてる」と、俺が口にすると、麻也は

「そんなこと言わないで」と、首筋を真っ赤にして顔を隠そうとする。

「麻也さんも、俺としたいと思ってくれてた？」

俺がそう聞くと、小さく「うん」と、声が聴こえた。

そんな麻也がいじらしくてたまらなくて、俺はもう一度、麻也の秘部に口をつけ、今度はいきなり陰核を吸い上げた。

「ぁあっーーーっ！」

麻也が悲鳴に近い声をあげ、部屋中に響かせる。

俺は中指をもうすっかり熱い粘液で溢れさせている麻也の裂け目に入れて、天井を沿うように動かしながら、ときおり陰核を舌で弾く。

「すごい！　すごい！」

麻也の声が、泣き声に変わっていて、ときどきしゃくりあげる。

自分はセックスの経験も少なく、きっと技術的には稚拙なやり方しかできない。ただ、麻也を喜ばせたいだけだ。それでもこんなに声をあげてくれるのは、幸せだった。

「こんなのはじめて——」

麻也がそう口にした。

「もう我慢できない、挿れて。あそこの奥が疼(うず)いて疼いて、じわっとして、たまらない」

麻也の秘部を十分近くいじりまわすと、麻也が縋(すが)るような声をあげた。

「ダメだ、もっと麻也のここで遊びたい」

俺はそう言うと、身体を起こし、「お互い舐め合おう」と言って、身体を横たえる。

麻也は一瞬だけ躊躇(ためら)った表情を見せたが、察したのか、俺の上に四つん這いになる。目の前に、もうぱっくりと開いて奥に白い液体を溜(た)めている麻也の秘苑があった。

俺は麻也の尻を抱え込むように抱き寄せ、顔を埋める。

「いやぁ」と、声を出したあと、自分のペニスを麻也が咥え込む感触があった。

ちゅぽちゅぽと音を奏でながら、麻也が必死に唇を上下させているのが、わかる。

俺は目の前の麻也の尻の割れ目の奥に楚々(そそ)と息づく小さな菊の花に似た排泄(はいせつ)の穴に舌先をふれさせた。

「そこ、だめ。そんなことされたことない。汚いよ、恥ずかしすぎる」

麻也が抵抗の意志を示し、尻を浮かせようとするが、俺は必死で押さえつけ、舌先でそこをつつく。

「麻也のこと、愛してるから、こんなこともできるんだ。愛する女の身体に、汚いところなんてない」

本音だった。

自分だとて、普段はここまでしないし、今までもしたことがない。

麻也のことをどれだけ愛しているのかを、示したかったのだ。

「やぁ……」

麻也は声を出して、再び気を取り直したのか、ペニスを口にした。

お互いが身体を互い違いにして、一番恥ずかしいところを舐め合っている。傍から見たら、正気の沙汰ではないだろう。しかもお互い、若くもなく、分別のある年齢で、麻也は人妻だ。

「だめ……本当に…身体の奥が、もう我慢できないって言ってる」

麻也がそう言って、ペニスから口を離す。

俺は身体を起こし、仰向けに横たわった麻也の上に覆いかぶさる。

もう、手を添えなくても、吸い込まれるようにペニスは麻也の粘膜に入っていく。

久しぶりだった一昨日と違い、お互い身体はじゅうぶんに受け入れる準備ができていた。

「ぁあっ」

麻也が声をあげた。

ずぶりと差し込まれたペニスには、馴染(なじ)みができたのか、一昨日よりもなめらかに麻也の身体の中で動かせる。

俺は麻也に覆いかぶさり、唇を吸った。

舌を絡ませながら、麻也の両手が俺の背中に絡まる。

唇だけでなく、胸も腹もすべて隙間なく合わさって、ああ、これがひとつになるということかと俺は感動すら覚える。

「麻也さん、本当に愛してるよ。麻也さんは？」

「私も、香坂さんのこと、好き。愛してる」

「純一って呼んで」

「純一さんのこと、愛してる」

やはり気持ちが通じ合っているから、こんなにもセックスに一体感があるのだ。

俺はときおり麻也の唇を吸いながら、腰を動かす。

「純一さん、ひとつお願いしていい？」

麻也が躊躇った様子を見せながら、そう口にした。

「いいよ、なんでも」

「私、うしろでもして欲しくて――感じるところに当たるから、好きなの」

セックスからずいぶん遠のいていたはずの麻也からの願いに、少し違和感はあったけれど、望むところだといったん身体を離す。

麻也は自ら四つん這いになり、腰をあげた。

目の前に、さきほど舌先をつけた麻也の尻の穴のすぼみがある。

俺はほどよい肉がついた麻也の腰を両手でつかみ、屹立(きつりつ)したままのペニスをずぶりとうしろから突きさした。

「ぁあーーー！　いいっ」

麻也は部屋中に響き渡る声で、吠(ほ)えた。身体をぶるぶると震わしているのは、本当にこの体位が好きなのだろう。

ただ、俺としては、麻也の美しい顔が見えないのが不満ではあった。

悦ばせてやろうと、パンパンと腰を打ちつけるように動かす。

「やっぱりこれが一番いい――！」

心なしか、麻也の身体の奥の粘膜も、ぎゅうぎゅうと俺のペニスを締め付けてくる感触がある。

このままでは、我慢できないかもしれない。

「すぐイっちゃうかも、ごめんなさい」

麻也がそう口にして、再び身体をぶるぶると震わせた。

俺より麻也のほうが先に達してしまうようだった。

「ぁあっ！　イくぅ――っ‼」

麻也が叫ぶ。

シャワーを終え服を着て、麻也の泊まるホテルの前までタクシーで送っていった。

「次、いつ会える？」

「ちょっと大阪にも足を延ばしてみたいなと考えてて……学生時代の友人もいるから。それによるかな、必ず連絡します」

周りに人の気配がないのを確認して、軽く口づけして「じゃあ、また」と挨拶をしてホテルへ戻る彼を見送った。

そしてバスに乗って帰ろうと大通りに出ようとしたときだった。

「すいません」

うしろから声をかけられ、肩を叩かれ、立ち止まる。

「はい？」

そこにいたのは、知らない男だった。着古したシャツにジーンズで、髪は短く刈り上げ背は俺と同じぐらい、年齢はおそらく自分より少し若めの、がっしりした筋肉質の男だった。

「あの、私、三崎麻也の夫です。徳島から来ました。ちょっとお話させてもらえませんか」

俺は言葉を失ったが、次の瞬間、警戒心からか身体に力が入る。

しかし、男の表情に怒りはなく、穏やかだった。

「どうせまた、あなたに『夫が若い女と浮気して、家を出た』と言って同情を引いたんでしょう。いつも同じパターンなんです。違うんです、私は麻也ひとすじです。浮気しているのは、麻也のほうです。子どもが成長し自由な時間ができた数年前から、麻也はネットの出会い系などをやり始め……」

嘘だろと、言いたいのを堪えた。

自分を正当化するために、目の前の男が嘘を吐いているのだと思いたかった。

「私がいたらないのですが、昔ほど麻也を満足させることもできず……ただ、田舎の街だから近所の目もあるし、麻也が男とふたりでいるのを見られて噂にもなり、喧嘩になりました。『私はあなただけでは我慢できない。近所じゃなきゃいいんでしょ』と返されると、言葉につまりもしました。それから麻也はたまに家を出て、旅先でマッチングアプリなどで知り合った男とも会うようになったんです」

「俺は……アプリなんかしていません」

「おそらくですが、約束していた男と会ってみたところ、何か不満があって、現地で相手を探していたんじゃないかと……我が妻のことながら、どうしようもない男好きなんです。一度、そんなに遊びたいのなら離婚しようかと話すと、『離婚は嫌だ。あくまで私は遊び相手が欲しいだけで、他の人と家庭を作る気なんてない』って懇願されましてね。まあ、身勝手な女なんですよ」

男は困ったように頭を掻いたが、どこかその表情には余裕が見える。

「麻也と遊ぶ男たちのほうも、人妻だから寄ってくるんです。責任をとらなくていい相手だから。麻也もそれを承知して、遊んでいるだけなんです。でも、ときどき本気になる男だって、いるでしょう」

そう言って、男は探るような目で俺を見た。

「……あなたは、そんな妻でもいいのですか」

「悩んだこともありました。でも……私が彼女の欲望に応えられないのなら、それを許容するしかないのだと最近では考えるようになりました。ただ、嘘を吐いて男の人の気を惹くのはトラブルのもとになるし、実際に私に対して『お前が浮気して麻也さんが苦しんでいる』と伝えにきた男もいました。だからこうして、麻也の新しい浮気相手であるあなたにも話しておこうと思いましてね。そういう女だと承知して遊ばれるならしょうがないですが、本気だとあとで傷つきますから」

「そこまでしても、あなたは別れないのですか」

俺は半分呆れまじりの口調で、聞いた。

この男の言葉はどこまで本当なのだろう、どちらが嘘を吐いているのかわからないが、麻也がときおりセックスの最中に見せる慣れた様子と、「夫しか男を知らない」「長年、誰とも寝ていない」という言葉との間に矛盾は感じていた。

「うちの妻……嘘吐きで男好きでどうしようもないけれど……美人でしょ。自慢の妻なんです」

男がどこか勝ち誇った表情を浮かべてそう口にした。

俺は、麻也と最初に河合神社で会ったときに見た、清々しい境内に立つ彼女の姿がよみがえってきた。

ほら、やっぱりあなたはこんなにも綺麗だ――。

怒りや悲しみの感情など湧き上がってこず、俺はただ麻也の美しい顔を思い浮かべていた。

女の神様

「へぇ、カード塚なんて、あるんや」

由良が、足を止めて、そう口にした。

「知らなかった？　近所なのに」

と、奈々子が意外そうに口にする。

「子どもの頃、来たきりやから、ここ。母や祖母は毎月お詣りしてたけど」

カード塚は、使い終わったカードに感謝するということで、祓い清めるというものだ。

　ふたりは市比賣神社の境内にいた。

　市比賣神社は、五条河原町を下がって、少し西に行ったところにある神社で、桓武天皇の時代に創建されたが、秀吉の時代に現在の地に移された。

「あれは雑誌で見かけたことあるわ」

　そう言って、由良が指さしたのは、無数の「姫みくじ」だ。だるまの形をしたおみくじで、唇には紅をさし、女の顔をしている。その姫みくじが井戸を囲むように積みあげてある。なぜ女のだるまなのかというと、ここが女人守護、女の人を守ってくださる神社だからだ。祭神がすべて女性なので、女人守護になったのだという。

「女だらけや」

どこか皮肉そうな笑みを浮かべて、由良がそう言った。

奈々子は本殿に手を合わせてお詣りしたが、由良はぶらぶらと境内を見て回るだけだ。

ショートカットに、化粧気のない顔、ジーンズに古着のシャツという格好でも、由良が美しい女であるのは間違いない。すらりとしているのに、胸のふくらみは豊かだ。

「髪を伸ばしてスカート穿(は)いたら、モテるのに」と大学のとき、バイト先の先輩に言われて、怒って先輩を怒鳴りつけ、そのままバイトを辞めたのだと聞いたこともある。

奈々子は由良が羨ましかった。自分は地味な顔立ちで、身体(からだ)だってもっさりとした肉がついている。癖のある髪の毛にストレートパーマをあてて伸ばし、化粧も勉強することで、やっと「女」になれた気がした。だから由良のことは「努力せず美しい人」だと思っていて、ずっと羨望の対象だった。

まさかそんな由良が、自分のことを好きだったと知ったときは、戸惑い以上に悦(よろこ)びがあり、受け入れてしまった。

由良と奈々子は、京都の女子大の同級生だった。専攻が同じで出席番号が並び、自然と仲良くなった。由良は京都生まれで自宅から大学に通っていたが、奈々子は愛知から来て、五条通のマンションで暮らしていた。由良は奈々子の部屋にしょっちゅう来て一緒にご飯を食べたりしていたけれど、由良の家に招かれたことはなかった。

その理由を知ったのは、大学を卒業して、ふたりとも京都で就職し、由良に告白され恋人同士となったあとだ。

由良が男性を嫌いなのは学生時代から察していた。男の人に声をかけられるたびに嫌悪感を露(あら)わにし、合コンも全部誘いを断っていた。彼氏との惚気話(のろけばなし)をする同級生たちの輪も避けていた。大学も、もっと偏差値の高いところを狙えたのに、敢(あ)えて女子大を選んだのだと聞いていた。

こんなに綺麗な人なのに――と、奈々子は内心思っていたが、自慢の綺麗な友人だからこそ、男にふれさせたくない気もしていた。

奈々子自身は、大学二年生の夏に合コンで初めての彼氏ができた。長続きしなかったけれど、別れてすぐにバイト先の先輩とつきあいはじめ、社会人になっても続いてはいた。

その彼が、自分以外にも女がいると知ったのは、二十四歳のときだ。彼を責めると、「お前、めんどくさいな。俺、向こうの彼女と結婚するわ」と、冷たく捨てられた。

ショックでひとりでいられなくて、頼ったのは由良だった。由良が奈々子の家に来てくれて、「その男、最低だな。奈々子みたいな素敵な女の子を傷つけるなんて、許せへん」と、泣き出したのだ。由良の涙を見るなんて、初めてだった。どうしてそこまで私のために怒ってくれるのだと聞くと、「ずっと好きだから」と、告白された。

おそらく、失恋して寂しかったのもある。自分は男だけしか受け入れられないと思っていたのに、奈々子は由良を抱きしめ、唇を合わせた。自然に裸になって、肌を合わせた。奈々子からしたら、生まれて初めての女とのセックスだった。

由良は高校時代から、レズビアンの女性が集まるお店にときどき行き、そこで知り合った女性と関係を持ったことは何度かあったらしいが、「でも、好きな女の子とこういうことするのは、初めて」と言っていた。

そうしてふたりは友達から恋人になり、奈々子は由良の家の話を聞いたのだ。

由良の実家は、五条河原町東、高瀬川（たかせがわ）沿いの「五条楽園」にあった。奈々子は知らなかったのだが、そこは遊郭、男がお金を出して女を買う場所だった。由良の祖母が男女が交わる「お茶屋」を経営して、離婚して出戻ってきた母も祖母の仕事の手伝いをしていた。お茶屋と隣接する家が自宅だったが、もともとは同じ建物だったのを玄関だけ分けて改築したとかで、壁が薄く、子どもの頃から男女がまぐわう声を聴いて育ったという。

「母も祖母もあけっぴろげな人で、こんなクソみたいな客がいたとか、態度の悪い女の子がいるとか、そういう話を私の前でもしてた。働いてるお姉さんたちとは滅多に顔を合わせることはなかったけれど、お金のために薄汚い、好きでもない男とそういうことしてるんだって考えると、気の毒で……なんだか腹が立ったんよ、男の人に対してね。お姉さんの中には、ヒモがいて働かされる人もいたみたいだし、玄関でおじいさんが『ババア呼びやがって』って、怒鳴ってたり……男って身勝手だし、最低やって、うんざりしてた。そもそも私の父親もギャンブル好きの暴力男でロクでもなかったから、離婚したみたいだし、祖父だって祖母のヒモだった。そんな環境やから……男を好きになれなかったんかな、わからへん。今でも男は嫌い、女しか好きじゃない」

　正直、愛知県の平凡なサラリーマン家庭に育った奈々子には、想像もつかない世界だった。

　そしてふたりがつきあい出してまもなく、五条楽園には警察の手入れが入り、「商売」ができなくなり、由良の家も改装してカフェとゲストハウスをはじめ、由良は会社を辞めて、家の手伝いをするようになった。

　奈々子は勤めている会社の業績が傾き、クビになって派遣社員として働いていた。二十八歳になった頃、地元の同窓会で再会した同級生の経営者に熱心に口説かれ、両親も「孫の顔が見たい」と言い出した。京都での不安定で経済的にも苦しい生活を続ける自信がなく、由良と別れ愛知に帰り、結婚した。

子どもが欲しいという気持ちが、年々強くなってきたのは大きかった。平凡な家庭に生まれ育った奈々子は、自分もいつかは結婚して子どもを産むのが当たり前だという考えから、逃れられなかった。由良のことは好きだけど、女同士では子どもを授かることができない。

「奈々子は、私と違って、男の人も愛せるのはわかってる。私は子どもをつくってあげることもできない。だからもしも奈々子に他に好きな人ができたら、潔く離れるから」

と、由良は普段から口にはしていた。

けれど、実際そういう状況になると、由良をひどく傷つけてしまった。「二度と会いたくない。でも、幸せになって」と、泣かれた。由良の涙を見たのは、二度目だった。

そうして奈々子は故郷に戻り同級生と結婚し女の子を授かったけれど、妊娠中に夫が秘書と関係していることを知った。奈々子は義理の両親に夫の浮気を訴えたが、「男なら、そういうこともある。妻ならどっしりと構えるべきだ」などと言われ、まともにとりあってもらえなかった。夫には「だって、お前が妊娠して、できないから、しょうがないだろう」とだけ返された。子どもを産んだあとは、夫との仲は冷え切って、ほとんどひとりで子育てをした。

夫や義父母にとっては、自分は子どもを産むための道具に過ぎなかったのだ。私は罰を受けているのだろうか——何度もそう思った。由良を捨て、安定を求めて結婚した罪の、罰を。

子どもが小学校に入ると、嫌悪感しかなくなった夫と離婚することを考えはじめた。このままでは自分自身が壊れてしまうと思っていた。

世間体を考え、義父母や夫は離婚をとどめようとしたが、親身になってくれる弁護士に相談して調停に持ち込んだ。ただ、子どもは夫側が絶対に手放そうとしなかった。月に一度会えることを条件に離婚は成立したが、地元にいるのが嫌になり、奈々子は学生時代を過ごした京都に戻ってきた。

二度と会いたくない——そう言われたのは覚えていたけれど、由良に連絡せずにはいられなかった。携帯の番号は通じなくなっていたから、ゲストハウスのほうに電話をかけたのだ。電話に出たのが由良だというのは、声で、すぐにわかった。

「由良ちゃん、私、奈々子です」

電話の向こうが、無言になる。

「ごめんなさい、いきなり電話して。私、離婚して、京都に引っ越すの。それで由良ちゃんのこと思い出して……会えないかな」

「……うん。ええよ」

拍子抜けするほどあっさり、由良は受け入れてくれた様子だった。

そうして、ふたりは五条楽園近くで会うことになった。

市比賣神社を待ち合わせに選んだのは、奈々子だ。女人守護の神社があるのを知ったのは、京都に戻ると決めてからだ。厄払いでもしようかと調べていて、見つけたのだ。由良の家にも、歩いてすぐで、ちょうどいい。

十年ぶりに、三十八歳になったふたりは、再会した。


「身勝手な女だって、思ってるでしょ」

奈々子は神社から、旧五条楽園に向かって歩きがてら、そう口にした。

「思ってる。ズルいよな、男と結婚して子どもまで作ったくせに、のうのうと捨てた女に連絡してきて。……でも頼ってくれて、嬉しかった」

由良にそう言われて、奈々子は手をつなぎたい衝動にかられたけれど、堪える。

「これから京都で、どうするん？」

「部屋は学生時代に住んでた場所の近くに借りたから、仕事探す。もう四十前だし、十年専業主婦だったから、自分に何ができるかわかんないけど」

ふたりは河原町通を横断して、高瀬川沿いを歩く。

もう「商売」はやっていないはずだが、鮮やかなタイルやステンドグラスで装飾された、かつての花街の様子を思い起こす建物が、あちこちに残っていた。京都駅が近いのに、ここは静かで、高瀬川を流れる水の音がさやさやと心地よい。

京都に戻ってきてよかったと、歩きながら奈々子は思った。子どもを産んでから、離婚にいたるまで、ずっと気を張っていて、しんどい想いしかしていなかったことに今さらながら気づく。

古い民家の前で、由良が足を止めた。

「お祖母ちゃんは、五年前に亡くなって、母とふたりでやってるけど、母ももう年で、あんまり動けなくてね。ただこの界隈、最近高級ホテルできたり飲み屋も増えて、活気があるんや。建物はわりと残っているけれど、昔の暗い遊郭の面影は、もうあらへん。子どもの頃は、この辺に住んでることを絶対に他人に知られたくなかったけどね、私までうしろめたくて」

そう言って、由良は鍵を取り出し、カフェの扉を開ける。今日は定休日で、ゲストハウスも客がいないのだとは聞いていた。

「母親は入院してる。手術したらすぐ退院できる程度だから、心配はしてないけど。なので、今は誰もおらへん」

カフェに入ると、重厚なソファーとガラスのテーブルが並んでいた。

「京都の古いカフェが閉店する際にもらいうけた家具使ってるんよ」

「すごくレトロで、素敵」

「レトロっていうか、古いだけや。でも、そういうの好きな人もいるから喜んでもらえる」

テーブル席が三つで、カウンターもあった。そう広くはないが、落ち着く雰囲気だ。

「二階がゲストハウスになってる。三部屋だけの小さい宿や。お茶屋をゲストハウスにするなんて、気持ち悪くて泊る人いるんかなって最初思ったけれど、面白がって来る人が多いみたいやね。若い娘でも、遊郭めぐりが趣味です、なんて言って、よく来る。どういうところかわかってんのかなって、ここで育った自分は複雑にはなるけど、まあ商売やからって、わりきってる」

由良がそう言いながら、カウンターに入る。

「珈琲でいいよね、ミルクだけ？」

「うん」

奈々子はソファーに深く座り、運ばれてきた珈琲に口をつける。

「あとで、二階のゲストハウスのほうも見てみる？」

由良に聞かれ、頷いた。

珈琲を呑み終えると、そろそろ行こうと由良に声をかけられ、ギシギシと音を立てる階段を上り、二階に上がる。すべての部屋の扉は開けられていたが、見渡したところ、赤いじゅうたんの上に木の丸いテーブルがあり、シングルベッドが置いてある。シンプルな四畳半ばかりだった。

「お風呂とトイレは共同で、お風呂は一階、トイレは一階にも二階にある。キッチンもあって、そこに冷蔵庫もあるよ。ベッドを入れたぐらいで、あとはまんま昔の部屋だから、外国人のお客さんとかには新鮮で喜ばれる。この丸テーブルも、もともと使われていたもんや。芸妓（げいこ）さんが、ビールを持ってきて、お客さんの前に出して……って。あ、立ち話もなんやから、座ろう」

ふたりは階段の手前の部屋のベッドに腰掛けた。

「和室だけど、ベッドなんだ」

「やっぱり外国人のお客さん、多いから、ベッドのほうがええみたい。あと、いちいち布団を押し入れにしまわなくて済むから、こっちも楽やん。母とふたりでやってるから、無理できひんのよ」

由良は答えた。

この部屋で、無数の男女が交わっていたのだ――たとえお金が媒介している関係とはいえ、セックスの場所だったんだ――ふと、奈々子はそう考えて、胸の奥が締めつけられた。

子どもを妊娠してから、夫婦間のセックスはなかった。浮気され、ひどく夫が汚らわしく感じて、子どもが生まれてからも拒否するようになった。だから彼は、堂々と浮気をするようになったのだ。させないお前が悪いんだ、とばかりに。でも本当に自分が悪かったのだろうか。

もう、ずいぶんと長いこと、人肌にはふれていない。子どもが小さい頃は、それどころじゃなく気にならなかったけれど、三十代半ばを過ぎてから、自分はこのままでいいのだろうかと考えるようにもなった。嫌いな夫と結婚生活を続けて、我慢を重ねて人生を終えてしまうのか、と。だから離婚したのだ。

あれだけ望んだ子どもとも離れ、本当にひとりになってしまい、思い出したのは由良のことだった。自分から離れたはずなのに――。

由良は男を憎んでいた。自分には想像もつかない嫌な想いをしてきたのだろうけれど、奈々子はつきあっている間、それがときどきつらかった。

奈々子自身は男性が嫌いなわけではないし、恋愛対象でもあった。奈々子には兄がいたが、兄のことも父のことも尊敬してるし、好きだった。そして母がそうだったように、自分はずっと当たり前に父や兄やかつての彼氏など、男に守られ生きていた。普段の生活の中でも、女だから損をすることはもちろんあるけれど、女だから守られていると思うことも多い。世の中は、男と女が両方いて、成立している。

だから由良の男性への呪詛の言葉は、男を必要とし守られている自分に向けられているような気がしてならなかった。彼女から離れたのは、それも理由のひとつだ。けれど子どもと離れて、寂しさを自覚したときに、身体の奥にくすぶっていたのは、夫や、昔つきあっていた男たちではなく、由良とのセックスだった。

「ねぇ、由良ちゃん。身勝手を承知で言うけど……これから私たち、友だちとしてやっていけるかな」

奈々子は、そう口にした。

「はっ？　友だち？　何甘いこと言ってんの？　奈々子、ほんとおめでたいよな。私が傷ついてへんとでも思ってる？　男と結婚するって私を捨てて、離婚したからってのこのこと連絡してきて――」

そう言って、由良は怒りの表情を浮かべながら、隣に座る奈々子の身体を押し倒す。

顔が近づき、自然に、唇が合わさった。

こうなる予想はしていた、いや、望んでいたのだと、奈々子は自分から舌を由良の唇にすべりこます。

舌先が、蛇のまぐわいのように絡み合う。

「本当に、ズルくて身勝手な女やね。私、ずっと男なんて自分のことしか考えてない無神経な生き物だから大嫌いだったけど、女も同じやって、奈々子にフラれてわかったわ。だから今は、女も嫌い、大嫌い」

口唇を離してそう言いながらも、由良は奈々子のニットの前開きのワンピースのボタンを外していく。ラベンダー色のブラジャーが露わになった。

「じゃあ、私のことも、嫌い?」

「うん。大嫌い……になろうとした。でも……電話で声を聴いて、嬉しかった」

由良はそう口にして、奈々子の乳房にふれる。

「恥ずかしい……子ども産んで、おっぱいあげてたから、しぼんじゃった。妊娠線もあるし」

「見てあげる」

由良はそう言って、ワンピースを剝ぎ取り、ブラジャーも外す。

「私だけ裸は、いや、由良ちゃんのも見たい」

奈々子がそう口にすると、由良はシャツとジーンズを自ら脱いだ。シンプルなスポーツブラに包まれた胸に、奈々子は手を伸ばす。

「由良ちゃんのおっぱい、大好き。胸が大きいの嫌だって言ってたけど、私は羨ましかったし、さわったり顔を埋めるの好きだった」

由良は答えず、ショーツを脱ぎ、奈々子の下着も剝ぎ取る。

「本当に、ズルくて嫌な女、男を選んだくせに、男に守られて生きようとしたくせに」

「うん。だから罰を受けたんだと思う。夫は早々に浮気して、ずっと愛人がいて、家のことも何もしてくれなくて……誰も私の味方をしてくれなかった。由良ちゃんにひどいことした、罰だと思ってた」

「そのくせ、また私を頼って、女同士だからって、友だちなんかに戻れるわけないのに」

すべてを脱ぎ捨てた由良は、仰向けになった奈々子の上に乗り、愛おしそうに髪の毛を撫でながら、額にちゅっと唇をあてるのを繰り返す。

「私は、ずっと奈々子のこと忘れられなかった。憎みもしたけれど、奈々子としたくてたまらなかった」

「由良ちゃん……ごめんね。でも、私も、ずっと由良ちゃんとしたかった」

奈々子はそう言って、両腕を伸ばし由良の背に回して、ぎゅっと引き寄せる。

由良の前につきあった男たちとのセックスは、ただ激しく求められそれに応えるだけで、快楽など感じたことはなかったのだと、由良と肌を重ねるようになってから気づいた。由良とは、射精がないから、永遠にお互いの身体を悦ばせ、慈しめる。どちらかが男役で、もう一方が女役で、受け手と攻め手がはっきりしているわけでもない。お互いが、対等に、相手を悦ばせ、自分も快楽を得る。

夫とは、そんなセックスができなかった。やはり一方的なもので、満足なんてできないけれど、男相手しか子どもはできないし、生活の安定にも目がくらんだのだ。だから、破綻したのは、自業自得だったのかもしれない。

「由良ちゃん、久しぶりに、由良ちゃんのを、食べたい」

奈々子がそう口にすると、由良が身体を起こし、お互いを交換するように、由良が仰向けになった。奈々子は由良の両脚の間に身体を置いた。つんと、目の前にある由良の秘苑から、酸味と甘みの混じりあった枯れかけの花のような匂いが漂ってくる。懐かしい、女の匂いだ。女同士は、どこもかしこも、いい匂いが味わえる。

裂け目を囲む襞は、左右対称で薄い。その周りの陰毛は、ふわりと柔らかい。裂け目の先端にある小さな粒は、普段は表皮に完全に覆われているが、今は少しだけ顔を出していた。

「ぁあ……由良ちゃんの」

さきほど由良が、奈々子の額にしたように、ちゅっちゅっと軽い口づけを、繰り返す。そのたびに、由良はぴくぴくと腰を浮かせた。

「やっぱり、これ、好き」

奈々子は顔を近づけ、舌先を尖らして、由良の縦の筋を下から上へと舐めあげる。

「あぁっ！」と、耐えきれないように由良が声をあげたのは、すっかり剝き出しになった真珠の粒に奈々子の舌先がふれたからだろう。

「よく見せて」

奈々子はそう言って、顔を少しばかり離して、両手の指で、ぐっと由良の襞を広げる。重なり合った肉の層の奥から、練乳のような白い蜜が溜まっているのが見えた。

「いやだ……恥ずかしい」

「だって由良ちゃんの、奥まで見たいんだもん」

奈々子は、恥ずかしがる由良をさらに攻めるように、舌先をぐぃっと奥へ押し込んだ。

「やぁっ！」

耐えきれずといったていで、由良が声を出す。

「まだ外は昼間で明るいのに……声出していいの？　由良ちゃん」

「だって、奈々子が、奈々子が……」

普段は凛（りん）としている由良が、こうしてセックスの最中に甘えた泣きそうな声を出すのが、たまらなかった。

「私も……したい」

由良が小さな声を漏らしたので、「じゃあ、お互い舐め合おうか」と、奈々子は下半身が由良の顔の上に来るようにして覆いかぶさる。

「子ども産んだから……」

奈々子がそう口にすると、由良は「変わらないよ、可愛（かわい）い、奈々子のここ」と言って、両手で尻を引き寄せるようにして、ぱくりと襞を唇で挟む。

「あっ！　やっ！」

お返しだと言わんばかりに、由良の舌が奈々子の肉の襞をかき分けるように進んでくる。

別れた夫は、滅多にこれをしてくれなかった。あまり好きではないのだと、言っていた。フェラチオは長くさせるくせに。そのたびに、奈々子とふたりでこうして性器を口にしあった際の恥ずかしさとうしろめたさにより高められた快楽を、想いだしもした。

そう、うしろめたいのだ。いい大人が、今は子どももいるような女が、ケダモノのように、排泄（はいせつ）の場所を舐め合って、気持ちよくなっている。人には絶対に見せられない姿を、由良の前だけでは見せられる。うしろめたい行為だからこそ、脳が酒に漬けられたように酔える。

ふたりはお互いの股間に口をつけたまま、ぴちょぴちょと音を立ててすすりあった。

「奈々子のお尻の穴も、可愛い」

「やっ、恥ずかしいっ」

由良は長い舌を伸ばし、小さな菊口の皺を辿るように、舐めまわす。

女同士は、射精がないから、ずっとこうして悦びを与え合える。

「やっぱり、由良ちゃんとが、一番いい」

奈々子は思わず、そう漏らした。

「じゃあ、なんで結婚したんや？」

由良が一瞬、奈々子の股間から顔を離して、そう聞いた。表情は見えない。

「男とのセックスより、女のほうがいいって言ってたくせに」

「女の人は、由良ちゃんしか私は知らないから、他の人はわかんない。由良ちゃんとなら、どんどん恥ずかしいことできるし、いやらしくなれるけど、夫とは駄目だった。結婚して、由良ちゃんとのセックスが一番いいって、改めて思った」

別れた夫の前では、自分をさらけ出すことは、できなかった。セックスだけではない、普段の生活もそうだ。だから彼からしたら、自分はつまらない女であったのだろうとも想像はつく。

「でも、私たち、友だちになんか戻れると思う？　だって私、奈々子のこと恨んでたもん。今だって、身勝手さに怒ってる。そのくせ奈々子としたくて、気持ちよくなってる自分もバカだと思ってる。一番って言われて喜んでる自分に呆れている。やっぱり奈々子はずるいよ――だから、罰として、イかせてあげる」

由良はそう言って、奈々子を押しのけるようにして、身体を起こした。

「いやっ」

奈々子はそう口にしたが、抵抗はしない。できるわけがない。ずっとそうされるのを、待っていたのだから。

仰向けになった奈々子は、ぱっくりと両脚を広げ、さきほど由良に舐められててかてかと光っている秘苑を見せつける。

「恥ずかしい……」

「それが気持ちいいくせに。だって今、自分から股を開いたでしょ」

由良にそう言われても、奈々子は否定できなかった。

だって、ずっと待っていたもの。

「痛かったら、言ってね」

由良の優しい言葉に、奈々子の身体の奥に火が灯る。夫に、いや、男にそんな言葉をかけられたことはない。いつだって、激しいのが女は好きなんだろうと勘違いして、ガンガン攻めてこられた。けれど、嫌われるのが嫌で、「痛い」と口にできなかった。だから、セックスがそんなに気持ちよくなかったのだ。

由良は人差し指と中指を合わせ、奈々子の裂け目に指をあてる。にゅるりと、なんの抵抗もなく、奈々子の襞が由良の指を呑み込んでいった。

ここに指を入れられるなんて、久しぶりだ。生理用品のタンポン以外、数年、何も入れていない。少しは痛いかもと懸念していたけれど、全くそんなことはなかった。

けれどそれは、由良の指だからだ。自分の身体を一番知って、一番愛してくれた、由良だからだ――。

「動かすよ」

由良は人差し指と中指をゆっくりと出し入れしはじめる。

「あっ……」

奈々子の腰が浮いた。

じゅぽじゅぽと、音が漏れる。

「いやらしい音がする。ううん、音だけじゃない、奈々子の奥から暖かいお汁が溢れて、私の指にまとわりつく」

「や……」

「本当に、いやらしい女やなぁ。普段は全くそんなふうに見えないのに。こんないやらしい女が、普通の奥さんなんてできるわけないと思ってた」

奈々子が「ぁあっ」と耐えきれず大きな声をあげてしまったのは、由良が中指と人差し指の第二関節を折り、子宮の手前の天井をトントンと軽くふれはじめたからだ。女の快楽のスイッチを。由良は誰よりも、奈々子の身体の奥までも、知っていたから、たやすくそこにたどり着く。夫も、それまでつきあった男たちも、誰も気づかなかった、スイッチを。

「あっ！　そこはっ！　だめぇっ！」

「締め付けてくる、奈々子のが、私の指を締め付けてくる、すごい」

由良はそう言って、指先で天井を押したまま、身体を奈々子の両脚の間に伏せるように入り込み、唇を尖らす。

「いやぁあああっ――――っ‼」

奈々子が抑えきれず叫んでしまったのは、由良の唇が、裂け目の先端にある小さな真珠粒を挟んだからだ。

中を指で刺激されながら、陰核を吸われる――もうたまらない。

「そんなことされたら！　もうっ！　だめぇっ！」

きっと自分の声は、外まで響いているはずだ。昼間なのに――わかってはいたが、奈々子は我慢できなかった。

由良は唇で陰核を挟んだまま、舌先をまとわりつける。

これは奈々子の陰核が大きめだからできるのだと、由良に言われたことがある。ここの大きさは、個人差があるから、小さい人のはこんなふうにできない、と。

「外に聞こえちゃう」

「聞かせてやればいい。もともとこの部屋は、セックスのための部屋なんやから」

由良はいったん口を離してそう言ったあと、また唇を戻し、きゅううと奈々子の陰核を吸い上げる。

「あ――」

奈々子は躊躇（ちゅうちょ）する暇もなく、身体の奥からマグマのような濁流が押し寄せてくる懐かしい感触を味わい、大声をあげて絶頂に達した。

臍の下が、熱い。

熱を帯びているのが、わかる。

久しぶりの、懐かしい感触だった。

「イっちゃった……」

泣きそうな声でそうつぶやくと、身体を起こした由良が、奈々子の上で、にやりと笑っているのが見えた。

やはり美しい――奈々子は改めてそう思う。

由良の頬が上気し、唇がてらてらと光っているのは、奈々子からあふれ出た粘液のせいだろうか。

「キスして」

奈々子がそう言うと、由良は奈々子に覆いかぶさり、唇を合わせ舌を絡ませる。

「こんな気持ちいいの、久しぶり。泣きそう」

そう言った瞬間、奈々子の瞳から涙が溢れてきた。

「寂しかったんやな」

由良が言うと、奈々子はこくりと頷く。

「私にはペニスがないから――指や舌でしか、奈々子を悦ばせることはできないし、子どもも作られへんよ」

「いいの、由良ちゃんがいてくれるだけで」

そう言って、ふたりはもう一度、唇を合わす。

「ペニスがないから、何度でも、いつまでも、できるし。年をとってからでも、できる。女同士って、すごいよね」

「奈々子は、いやらしいな。それぐらい、したいんや」

「だって、ずっと誰ともしてなかったから。由良ちゃんは？　私と別れてから、彼女はいたの？」

「いたり、いなかったり……彼女やなくても、セックスできる相手は、たくさんおるで。私、モテるんやから」

そりゃあそうだろうと、奈々子は思ったのと同時に、ぎゅっと胸が締め付けられた。

由良と別れてから十年の歳月が経っている。由良のような美しい女が何もないわけがないのも承知していたつもりだった。

夫に愛人がいると知ったとき、男は酷いと憤ったけれど、女だって、複数の相手と関係を持つ人は、当たり前にいる。

そして一度、由良を裏切った自分は、由良を縛り付ける権利など、ないのだ。

由良がにやっと笑って、ふいに真顔になり、立ち上がって窓のカーテンを開けて外を眺める。

「由良ちゃん、見えちゃうよ、裸なのに」

「かまわへんよ」

昼の光を浴びた由良の身体は、細身なのに丸く大きな乳房がふくらみ、腰はくびれ、昔と変わらず美しいままだった。

この人は、ずっと綺麗だ。

出会った頃から、変わらず、綺麗だ。

奈々子は由良の姿に見惚れていた。

「この先、どうしたいん？」

由良が奈々子のほうを見て、聞いてきた。

「どうって……仕事を見つけて」

「そうじゃなくって、私と、どうしたいのって意味」

由良の目は真剣で、かすかに怒りを帯びていた。

当然だろう、自分は一度、由良を裏切って、「二度と会いたくない」と言われたくせに、京都に戻ってきたのだ。

「また身勝手だって言われそうだけど。でも、私は、やっぱり由良ちゃんとこうして……」

奈々子がそう口にすると、由良はしばらく目を閉じて考え込むような仕草をした。

「毛を剃ってもいい？　下の毛」

「毛？」

由良の口から出た言葉に、奈々子は目を丸くする。

「男ともう二度とこういうことしないって、私に誓って、私の言うことを聞いて。そこを剃って、つるんつるんの剝き出しにして」

奈々子は戸惑いはしたが、頷いた。

「剃っても、また生えてくるよ」

「そしたらまた剃る。あなたの気持ちを確かめるために。奈々子、私、やっぱりあなたを信じるには、まだ傷が癒えてへん。だから、それぐらいしてくれないと」

「わかった」

自分は一度、由良を深く傷つけている。それでも由良に連絡を取ったのは、それなりの覚悟はあるつもりだった。少なくとも、二度と男を好きになることはない。夫で、じゅうぶんに懲りたつもりだ。けれど確かに由良からしたらたやすく信用などできないだろう。

奈々子は深く頷いた。

由良の表情が、晴れやかになる。

由良は部屋から出ていって、五分ほどして、バスタオルとクリーム、T字の剃刀(かみそり)、シェイバーと濡(ぬ)れタオルを持ってきた。

本気なんだ――と、奈々子は啞然(あぜん)とする。少しばかりのおびえと共にゾクゾクと期待じみた震えを感じた。

由良はベッドにバスタオルを手際よく敷く。

「奈々子、脚を開いて、そこに仰向けに寝転がって」

由良に言われるがままに、奈々子は従う。

「傷つけないようにするから。奈々子の大事なところ」

由良がそう言って、クリームをつけた中指で、奈々子の襞の際にふれるので、奈々子は「あっ」と声を出してしまった。

「感じちゃダメ。毛を剃るだけなんやから」

そんなこと言われても——さきほどの愛撫(あいぶ)の熱が身体には残っている。女同士のセックスは射精がないから、終わりがない。まだまだ奈々子の身体は、由良の指に反応してしまう。

それでも声を抑えながら、奈々子はクリームを塗りつけた由良の指が、自分の花の芯をまさぐるのを、じっと耐えていた。

男の指はもっと荒く動いて、ときどき痛い。けれど由良は、ギリギリの力加減を知っていて、強弱をつけるのも上手(うま)くて、じらされているようだ。

「最初に剃刀で剃って、シェイバーで最後、綺麗にするね」

そう言って、すでに火照りがぶり返した奈々子の股間に、ジョリジョリと音を立て、剃刀を這(は)わす。ひと通り剃ったところで、濡れタオルを当てて襞の奥まで丁寧にクリームを拭われる。濡れた暖かいタオルが股間に添えられたのが気持ち良くて、奈々子はまた自分が奥から液体を漏らしていないか、気になってしまった。

「さあ、仕上げ」

由良はシェイバーのスイッチを入れる。細やかな動きが、奈々子に振動を与えた。

「ほら、綺麗になった」

由良がそう言ったので、奈々子は身体を起こし自分の股間を眺めると、そこには女の裂け目がさらけ出されていた。

「恥ずかしい……」

「モロに見えちゃうもんね。生えてきたら、また剃るよ。男除けの、おまじない」

そう言って、由良は指先を奈々子のあからさまになった裂け目に這わす。

「や……」

「ほら、濡れてる。剃られて興奮してたでしょ」

否定できなかった。けれど、それは由良の指先の動きが、巧みだからだ。

「しょうがない子やね」

由良はそう言って、奈々子の開かれた両脚に顔を埋め、舌を伸ばす。

奈々子は、ひとつ気になることがあった。由良がずいぶんと、剃毛の手順に慣れているような気がしたのだ。

由良自身は、もともと薄いこともあるだろうけれど、陰毛の処理は全くしている様子はないのに。

――セックスできる相手は、たくさんおるで。私、モテるんやから――

さきほど、由良はそう口にした。

今はこうしてかつての恋人でもある自分を愛してくれているけれど、由良にはおそらく他にも関係している女はいるだろうし、彼女を一度裏切った自分を許してくれることはないかもしれない。

身勝手なのは、男だけじゃない、女もだ。

男も女も、人間である限り、人を傷つけもする。

これから先、由良にすべてを託すことで、自分はまた傷つくかもしれないけれど、それも彼女を傷つけた報いであるならば、受け入れるしかない。

「やっぱり奈々子、いやらしい。クリトリスが、舐められたくて剥き出しになってる」

そう言って由良は奈々子の一番敏感なところを柔らかい唇で挟んで吸う。

奈々子はもう何も考えられなくなって、赤いじゅうたんの部屋に泣き声をとどろかせた。

たまのこし

こんなに鮮やかな朱色だったのかと、幼い頃の記憶を呼びさまそうとするが、どうしても思い出せない。けれど、それも仕方がないことだ、今宮神社に来るのは、もう数十年ぶりになるのだから。

朽木朝雄は、太陽の光を受けた朱の色の鳥居をくぐり、境内に入る。神社が朱塗りなのは、赤が魔除けの色だからと聞いたことがある。

昨日の夜、少し雪が降ったせいか、境内のところどころにその名残があった。晴れているのに、ぶるぶるっと、寒さに震える。京都の冬は、そこ冷えがして芯から寒いというのを、すでに東京生活のほうが長くなって、忘れていた。

魔除け——自分にとって「魔」とはなんなのだろうかと考えながら、朝雄は境内を歩き、ひとりの女を探した。

女の姿は、すぐに見つかった。

本殿に手を合わせている、藤色のワンピースの上にブラウンの薄手のコートを羽織(お)っている女だ。肩の上で髪の毛を切りそろえており、ワンピースのスカートの裾(すそ)から、黒いタイツにつつまれたふくらはぎが見える。

なぜ、その女だとすぐにわかったかというと、他に境内にいるのは、ひと目でレンタルとわかる着物を身に着けた若い女たちだけだったからだ。

藤色のワンピースの女が振り返った瞬間、朝雄と目が合った。

女は表情を変えずに、深くおじぎをして、こちらに近づいてくる。

「来ていただいて、ありがとうございます」

女は、薄い桃色に塗られた唇を開き、そう口にした。

四十九歳の自分より七つ年下の継母(ままはは)を前にして、朝雄は内心の様々な感情が顔に出ないように気をつけながら、「ご無沙汰して申し訳ありません」と、頭を下げた。

「立ち話もなんですから……あの、あぶり餅(もち)食べませんか」

女の申し出に、朝雄は拍子抜けした気分になった。しかし、自分としても、ここに来たら懐かしい味であるあぶり餅を食べずに帰るのはもったいないと思っていた。

ふたりは東の門をくぐり、道路を隔(へだ)てて向かい合わせに二軒建っている、あぶり餅屋を眺める。あぶり餅とは、平安時代からあるといわれている今宮神社の門前菓子で、ちぎった餅を串に刺し、白みそのたれをつけて炭火で焼いたものだ。

「どちらの店がいいとか、お好みはありますか」

「久しぶりで……どちらでもいいです」

「じゃあ」と、女は左手の店に入り、「二人前」と注文して奥の座敷に入る。正午過ぎだが、ふたり以外にまだ客はいなかった。

「道俊さんが、あぶり餅大好きで、よく来ました。自分の店では凝った物を作っているのに、『結局はこういう素朴なものが美味いんだよ』なんて言ってました」

道俊は、父の名だ。

女が初めて笑顔を見せた。笑うと、四十二歳という年齢よりも幼く見える。美人というより、丸顔で愛嬌があり、可愛らしい雰囲気だ。

「私はもともとこの近くに住んでたんです。そやから、何か願いごとがあると今宮神社でお詣りしてました」

と、女は言った。

「僕も子どもの頃、母と三人でよく来ました。母は甘いものがそう好きではなかったけれど、父につきあわされて……最後に来たのはずいぶん昔で、本当に久しぶりだ」

朝雄はそう口にしながら、あの頃はまだ家族は仲がよかったのだと、胸がぎゅっと締めつけられた。

ふたりの前に、熱いお茶と香ばしく焼き上げられたあぶり餅が運ばれてきた。

朝雄は串を手にして餅を口に運ぶと、思わず「うまいっ」と声に出した。

「朝雄さんも、甘いもの好きなんやね。お父さんゆずりや」

目の前の女——父の後妻である朽木珠世が、嬉しそうな笑みをたたえる。

朝雄の父、朽木道俊は、昨年の春に七十歳で亡くなった。死因は心不全とされているが、ここ数年は血圧が高く糖尿病も患い、一度脳梗塞で倒れもして、あちこち具合を悪くしていたらしい。道俊の最初の妻は、ひとり息子である朝雄が二十五歳のときに癌で亡くなった。それからはずっと独身だったはずだが、三年前に再婚したのが、二十九歳差の珠世だ。

朝雄は、母が亡くなった翌年に、家業である老舗和菓子屋を継ぎたくないと反抗し、勘当され家を出て以来、ずっと実家とは没交渉だった。母がもしも生きていれば、そうはならなかっただろう。母が亡くなってからは、家では無口で頑固な父と口をきく機会も減っていた。

朝雄は東京に行き、アルバイトをしながらミュージシャンを志していたが、結局、才能も運もなく音楽の道は諦めてしまった。友人の伝手でデザイン会社に契約社員として入社し、三十歳のときに同僚と結婚してふたりの子どもをもうけたが、忙しく家に帰れない日もあり、育児と家事をすべて背負った妻は、「なんで私だけこんな苦労しなきゃいけないの」と子どもが小学生のときに家を出てしまい、それからはひとりだ。離婚後に独立してフリーのデザイナーとなって、細々と暮らしている。

それら一連の自分の身の回りの出来事は、父の秘書であった女性を通じて一応、連絡はしていたが、父のほうからは一切反応がなかった。跡を継がなかった自分はともかく、血のつながった孫にも関心を持たないほど冷たい父なのだと思うと、むしろ勘当されてよかったと思うことにした。

父の再婚を知らされたのも、秘書だった女性からだ。けれど彼女は、「もう私はお呼びでないようで、年齢のこともあるし、退職します」と朝雄に言った。長年、父をサポートしてきた女性だったが、若い女と再婚した父に呆れている気配があった。

父の弟である叔父から、父が死んだと連絡があった。もう縁はないのだからと迷ったが、叔父に強く言われて告別式だけは顔を出した。父の意向により、身内だけの小さな規模の式で、その際に喪主である義母の珠世に初めて会ったが、挨拶しただけだった。

父の遺産は遺言により、預貯金の七割が義母の珠世に、残り三割と不動産関係が会社を継ぐ叔父のもとに行くのだとは、葬儀のあと、弁護士から聞いた。申し立てることもできると言われたが、すべて覚悟の上で家を出たのだから、今さら親の財産をもらおうとは思わなかった。

正直、仕事は減って生活に余裕はない。別れた妻のところにいる子どもたちへの養育費もずっと払っていたので、貯金もなく、将来は不安だ。それでも数十年会わない親の金に頼る気にはなれなかった。

もう、故郷である京都にも戻らないだろう——そう思っていたところ、父の後妻からはがきが届いた。「一度、会ってお話ししませんか」と手書きで記されていた。

そうして連絡をとり、指定されたのが、この今宮神社だったのだ。

目の前で、女は少女のように無邪気にあぶり餅を口にしている。


「ずっとこうしたかった――」

珠世が目に涙を浮かべながら、そう口にした。

なぜこうなったのか――朝雄は自分でも戸惑いながら、父の後妻である珠世の上になり、腰を動かしている。

「親父(おやじ)とは」

「薬を飲んで頑張ってくれはしたけれど……でも、うまくいかないことのほうが多くて、無理をさせてしまったかもしれへん」

珠世はこれ以上、話はしたくないと言わんばかりに朝雄の背にまわした手に力を入れ、引き寄せてくる。お互いの裸の胸が重なった。脱ぐと思ったよりも珠世はふくよかで、白く柔らかな身体(からだ)をしている。胸も豊かで、西洋画のヴィーナスを思わせた。抱き心地のいい身体、とでもいうのだろうか。

「今は、私のことだけ考えて」

珠世はそう言って、朝雄の口を吸い、自ら舌をねじりこんできた。ふたりの舌が、絡み合い、唾液が混じる。

男と寝るのは久しぶりだと、夫を亡くしてから住んでいるマンションの部屋に入って抱き合ったときに珠世は口にしていたが、朝雄のほうも射精させるだけの風俗に一カ月前に行ったぐらいで、しばらく女の肌を味わっていなかった。

朝雄は背も高く、若い頃は身体も引き締まり、モテていたと思う。けれど四十五歳を過ぎてから、それなりに老いが忍び寄り、腹も出て白髪になり、何よりも金の余裕がなくなると女をデートに誘うのも躊躇った。二年前まではセフレのような関係の人妻もいたが、他に若い男ができたとかで連絡が取れなくなった。そんなしがない五十前独身男の自分が、「ずっとこうしたかった」と女に激しく求められるなんて——。

しかも、父の後妻にだ。

あぶり餅を食べながら、「朝雄さんに会いたい、ちゃんと話したいって思ったのは……私、中学の頃、朝雄さんに憧れてたからなんです」と、珠世は言った。

初耳だった。そもそも珠世という女に、全く覚えがない。

「大学でバンドしてはったでしょ。ギター弾いて。中学生のとき、友だちのお兄ちゃんが同じ大学でバンドをしていて、学祭のライブ見に行ったことがあるんです。それで、カッコいいって頭がぽーっとなってしもた。一緒にいた友だちが、『あの人は松吉屋の跡取り息子やから、将来ミュージシャンにはならへんみたいやで』って言ってて、そうなんや、もったいないなぁって思ってました」

「松吉屋」は、朝雄の実家が営む和菓子屋の屋号だ。

「そのときはそれきりやったんやけど、ずっと印象には残ってて……。私、三十歳のときに父が死んで母も倒れていろいろ大変で、つとめていた会社も辞めたんです。そんなんやから恋愛しても結婚にいたらへん。母は私が三十七歳のときに亡くなって、やっと自由になりました。それでふと、松吉屋がパートを募集してるの見て、ためしに応募したんです。ちょいちょいお店に顔を出してはった社長の道俊さんと話す機会ができて、あんた苦労してるんやなぁ、自分も妻も亡くなり、子どもとも縁がなくて、ひとりきりやって、気にかけてもらっていたんです。今宮神社の近くで生まれ育ったんやって言うたら、あぶり餅、一緒に食べようかって誘われ……そやから今宮神社が、縁結びなんです」

そうだったのかと、朝雄は話を聞きながら驚いていた。

「正直、道俊さんのことは、最初は年齢が離れすぎてるから、そんな対象やなかったんです。でも……やっぱり親子で、朝雄さんの面影があって……初恋って、やっぱり強いんよ。ずっと他の人とつきあっても、初恋の人のことをたまに思い出ししてたもん」

大学のときのバンド活動なんて自分の記憶の中にもほとんど残っていないのに、まさかあの頃の自分の面影を追いかけていた女がいるとは、思いもよらなかった。

父がずいぶんと若い女と再婚したのを知ったときは、どうせ金目当てのロクな女じゃないだろう、親父も厄介な女にひっかかったものだとしか考えられなかった。まさか、その女と父が結ばれたのは、自分がきっかけだったとは。

「今はしがない、貧乏なおじさんだよ。妻にも逃げられたし」

そう言って、朝雄は目をそらしてしまった。

「……道俊さん、ほんまはずっと朝雄さんのこと気にしてはったんです。家を継がない、東京でミュージシャンになると言われ、つい頭に血が上って勘当するって口にしてもうて後戻りできひんかったって……。お孫さんにも会いたがってたんやけど、頑固な人やから謝るきっかけが見つからへんかったんや」

そうだ、頑固で我儘で独裁者のような父親だった。母に対しても自分に対しても支配的で、子どもの頃から父が大嫌いだった。ミュージシャンになりたいと言ったら、烈火のごとく怒られた。そんなん仕事やない、子どもの遊びやとまで言われて、朝雄の持っていたレコードをすべて叩き壊されたのが許せなかった。ただ、朝雄は結局、音楽の道では生きていけなかった。だからといって頭を下げて実家に戻るなんてできなかった。いや、むしろ父の言うとおり、音楽で生活ができなかったからこそ、合わせる顔がなかった。

「そやけど、お葬式に来てくれて、よかった。私もホッとしました。もしよかったら、今からうちに来て、お線香あげてくれませんか」

珠世がじっと朝雄を見ながら、そう口にした。

そんなつもりではなかったはずなのに。

父が亡くなったあと、珠世は松吉屋の本店の離れにあった家を出て、マンションでひとりで暮らしていた。和菓子屋の経営は朝雄の叔父に任せ、自らは一切手を引いたのだとは聞いていたが、松吉屋は近年、見栄えがする和菓子などで話題を呼び、飲食店経営等にも手を広げて業績を上げていたので、珠世も結構な財産は手にしているはずだ。

珠世の住まいは、ごくごく普通の、２ＬＤＫのマンションだが、綺麗（きれい）に整頓してある。ダイニングには父の写真が立てかけてあった。遺影に使われていたものだ。それ以外に、父を思い出させるものはなく、まるでずっとここでひとりで暮らしていたかのようだ。

父の写真の前で手を合わせ、線香を手向（たむ）ける。

「甘いもの食べたばっかりやから、飲み物だけで」

振り向けば、珠世が日本酒をグラスに注（つ）いでいた。

「朝雄さん、お酒好きなんやろ。道俊さんが、そこは俺に似てないって言ってた。あの人は、下戸（げこ）やったから、いつも私はひとりこっそり飲んでた」

まだ早い時間なのに、と朝雄は躊躇いながらも、珠世と並ぶようにソファーに腰を沈める。

「さっきの話やけど、ほんまずっと朝雄さんのこと気にかけてはったで。離婚してからずっと独り者でいることも」

じゃあ、なぜ遺言書には、自分の名は無かったのだと、言いそうになってやめた。確かに縁は切られていたが、たったひとりの息子に財産を父は残さなかったのは、非情だとしか思えない。期待していたつもりではなかったが、珠世の言葉はしらじらしく聞こえた。

「俺は親父が嫌いだったし、家を出たことは後悔してないよ」

そう口にして、目の前の酒を呷(あお)った。

「でも親子や。よく似てる」

珠世は身体を朝雄のほうに向け、じっと見つめてきた。

「……こんなん、絶対に道俊さんには言えへんかったけど……。抱かれてるとき、これが朝雄さんやったらええのにって、何回も考えたことがあってん。初恋の人やったから」

「思い出が美化されすぎてるんだよ。俺はもう、金もない、おじさんだ」

朝雄はそう言って、珠世が注いだ二杯目も口にする。こんな高級な酒を飲んだのも久しぶりのせいか、酔いかけているのが自分でわかる。

「私かて、おばさんや」

珠世の膝が、いつのまにか朝雄の膝に当たっていた。

「あなたは親父の妻だ。未亡人だ。俺の義母だ」

まるで自分に言い聞かせているかのように、朝雄は口にした。

「わかってます。そやけど、ひとりになって、いろんな人が私に近寄ってきました。寂しそうだからと優しくしてくれるんやけど、お金があるんだろうと、パワーストーン売りつけてきたり、宗教の勧誘してくる人とか……そんなんも多いから、誰も信用できひん。人が親切にしてくれればくれるほど、寂しくなって」

いつのまにか、朝雄は珠世の手を握っていた。ふれた部分から、熱が伝わってくる。香水の匂いではない、甘い香りが漂っていた。

「俺だって、寂しい」

これは酒のせいだと考えながら、ほとんど無意識に朝雄は珠世を抱き寄せ、唇を吸った。

「朝雄さん、好き、ずっと好きやったんや――」

珠世が両腕を朝雄の背にまわし、すがりついてくる。

いけない――そんなこと、わかっていた。けれど、珠世と今宮神社で顔を合わせた瞬間、予感はしていた。もしかしたら父の葬儀で会ったときから、惹かれていたのかもしれない。

ふたりはソファーに座ったまま、口づけを繰り返す。どちらからともなく舌を入れ、からませる。

「ベッドへ――」

珠世が小さく甘えた声で、そう口にした。ふたりとも腰をあげて、腕をからめたまま奥の部屋に行く。六畳の洋室の壁際に、セミダブルのベッドがきちんと整えられていた。窓際のキャビネットにもリビングと同じ父の写真が掲げてある。

朝雄は珠世の藤色のワンピースを脱がし、ストッキングも剝いだ。ワンピースと同じ色のブラジャーとショーツを、珠世は恥ずかしそうに覆い隠す。葬儀の日は瘦せた女だと思っていたが、まったくそんなことはなく、柔らかい肉で覆われている身体だ。

朝雄は自分も服を脱ぎ、珠世を抱き寄せ、ブラジャーを外す。

「まだ、外が明るいから、カーテンしめて」と、珠世が口にした。言われたとおり、カーテンを閉めると薄暗いが、ぼんやりとしてそのほうが淫猥だ。

ふたりでベッドに倒れこんで、朝雄は珠世のショーツを剝ぎ、指を両脚の狭間に入れる。手入れをしていない陰毛がわさわさと繁り、指に絡みついてきた。

既に珠世の襞は、濡れていた。中から溢れている。このぶんでは、きっと下着も湿っていたのだろう。朝雄は人差し指と中指を、珠世の粘膜の入り口でそよがせた。ぴちゃぴちゃと音が漏れる。

「珠世さん、もうぐっしょり濡れてる」

「……朝雄さんが部屋に来たときから……ううん、それより前からや。でも、そういう朝雄さんかて」

珠世が手を伸ばして、朝雄のペニスにふれた。

そのとおりだ。もう既に硬くなっている。家で自分でしごいて出すときとは比べものにならないほど、そそりたっているのがわかる。

「嬉しい。こんなん久しぶりや……」

珠世はそう言って、手を動かしてペニスをしごいた。珠世の温かい手が、自分の肉の棒をこすると、もう何もかもがどうでもよくなってくる。

「いい身体をしてる」

朝雄は珠世の上になり、乳房にふれながら先端に口をつけた。珠世の豊かな張りのある乳房の先は、子どもを産んでいないせいか、色が薄く輪郭がはっきりしない。けれど朝雄が吸い上げると、紅の色がさしてきて、尖る。

「男が悦ぶ身体だ。肌も綺麗だ」

朝雄はつい、そう口にした。父は年だから、いくら頑張ってもできることは限られていて、女は飢えていただろう。その飢えを表すかのように、今、この瞬間にも、どくどくと熱い粘液が溢れている。

「肌だけは、昔から褒められるんよ」

「肌だけじゃ、ないだろう。男には好かれるはずだ」

「全然や……地味な顔やし、もっさりしてて、モテへんかった。ほんまはな、朝雄さんに友だちのお兄ちゃん通じて、手紙渡したことあるんやけど、覚えてへんやろ。生まれてはじめて書いたラブレターやったんやで」

朝雄は、珠世の乳房から顔を離して記憶をたどる。あの頃は、バンドをやっているから、言い寄ってくる女は何人かいた。手紙をもらったこともある。けれど確かに、全く覚えていない。

「ごめん」

「あやまらんで、ええて」

珠世はくすっと笑って、自分の胸に顔を埋める朝雄の頭に手をおく。

「松吉屋で働いたら、いつか朝雄さんに会えるかなって期待してたんや。思いがけず道俊さんに気にいられて……プロポーズされたときはびっくりしたんやけど、これも縁かなと思ったわ」

朝雄はふと顔を起こす。枕元のキャビネットの父の写真を眺めた。父親が見ている前で、父の愛した女を自分は抱こうとしているのだ。

「じっくり見たい」

そう言って、朝雄は身体をずらし、珠世の両脚の間に身体を置く。

「いやっ、恥ずかしい」

珠世はそう口にするが、隠そうともしない。

朝雄は珠世の両脚をぐっと広げて、生い繁った陰毛を指でかき上げ、女の芯を剥き出しにさせた。

珠世から溢れ出した粘液に、襞は覆われて、てかてかと光っている。

「いやらしい」

思わず、そう口にしてしまった。

「恥ずかしいから、あんまり見んといて」

珠世は目を閉じているが、首筋と耳が真っ赤に染まっている。

そこはもう、男を待ち受けているかのように、ぱっくりと開いていた。奥の穴から、練乳のような白い液体がとろとろと流れ出す。

朝雄が顔を近づけると、ぷぅんと酸味混じりの女の匂いが漂ってきた。舌を伸ばして、液体を掬い取るように舌を差し込む。

「やっ」

珠世が声を漏らし、腰を浮かせた。

朝雄は珠世の両脚を抱え込むようにして、両脚のつけ根に顔を埋める。

「ぁあ……朝雄さんが……私の……」

腰を浮かしてのけぞろうとするが、そうはさせまいと朝雄は珠世の脚を押さえている。ふとももがぷるぷると痙攣しているのがわかる。

舌先を尖らせ、珠世の襞に沿うように下から上へ舐めあげる。頂上にある小さな粒は、もうすっかり表皮から顔を出して尖っているので、そこも舌でつつく。

「こんな丁寧に、してくれるなんて――」

奥から粘液がどろりと流れ続け、珠世が悦んでいるのがわかる。

「恥ずかしい」

「嫌なのか？」

「ううん、恥ずかしいのが感じる……」

珠世がそう言うので、朝雄はつい攻撃的な気分になり、唇で陰核をとらえ、吸った。

「あぁっ!!」

声を出した次の瞬間、珠世は自分の手で自分の口を押さえた。

まだ昼間だし、さすがに今の声は、もしかしたら隣の部屋などに聞こえてしまうかもしれない声量だった。

「いやっ……そこは一番感じる……」

「ということは、もっと責めてほしいんだな」

朝雄がそう口にすると、珠世はいやいやと首を振りながらも、口元からはよだれをしたたらせているのが目に入った。

今度は、きゅううと、強めに朝雄は珠世の陰核を吸った。

「あかんて」

珠世は両手で朝雄の頭を押さえ逃れようとするが、意地でもやめてやるものかと、珠世の脚を抱え込みながら吸い続ける。

「いやっ、いやっ……もうあかん……イってしまう——」

珠世が身体全体をぶるぶると震わせる。

朝雄はふと口を離すと、珠世は気が抜けたように、浮かせていた身体をベッドに沈ませた。

「なんでやめるの……」

珠世の目には涙が溜まっていた。

「あかんて言ったの、そっちじゃないか」

朝雄がそう口にすると、珠世が唇を尖らせて拗ねたような表情を作る。

相当に、すきものなのではないか、この女は——朝雄はそう思った。老いた父との夫婦生活で、満足できるわけがない。もしも父が、この女を悦ばそうとつきあっていたら、無理もしていたのではと考えてもいた。

「ここは自分でいじくったりするのか？」

朝雄はそう言って、人差し指で、尖ってぴくぴく細やかに痙攣している珠世の陰核にふれる。

「……うん……」

「毎晩？」

「この年で、恥ずかしいけど……」

「親父の相手では、自分は満足できなかっただろ」

朝雄がそう口にすると、珠世はこくりと頷いた。

「だから毎日、自分でさわってたのか」

朝雄は話しながら、人差し指と中指で、珠世の粒をそっと挟む。

「そうや……毎晩、道俊さんが寝入ったあと、自分でしてた」

「俺のことを考えてしたこともあった？」

朝雄がそう言うと、珠世は返事の代わりに目を伏せた。

「いやらしい女だな」

朝雄は中指と人差し指を珠世の女の穴に差し込み、今度は親指を陰核に添え、

「これはどうだ」と、出し入れをはじめる。

「それあかん――」

珠世が膝を浮かせて局部を見せつけるようにしながらのけぞった。

「いやぁ……」

「ここが気持ちいいのか」

「朝雄さんやから、朝雄さんにされてるから、ええの――」

嘘を吐け――と内心思いながらも、朝雄は指の動きを速める。

「イく――」

珠世がぎゅっと膝を合わせて身体を痙攣させた。珠世の中に入ったままの朝雄の指を、襞が締めつける感触がある。

「すごい……」

思わず、朝雄は口にしてしまった。

男好きのする身体、感じやすい女だ。

生まれつきなのか、誰か男に目覚めさせられたのか。

そもそも自分自身は、そうセックスの巧い男ではない。セックスは好きだけど、人並みで、性欲が特に強いわけでもないし、寝た女の数だって、そう多くない。そんな自分で、こんなに感じてくれるなんて。

「イかせてもらったし……私もさせてぇな」

珠世がそう言って、身体を起こす。化粧はすっかり剝げていたが、瞳は淫猥な光を浮かべていた。

交替するように、朝雄は仰向けになった。今度は珠世が朝雄の両脚の間に身体をうつ伏せに横たえ、ペニスを両手で愛おしそうにつかむ。

「これが、朝雄さんの――」

酩酊したようなまなざしで眺めながら、ぱくりと咥えこんだ。

「おうっ」

今度は朝雄のほうが、声を漏らしてしまった。

珠世は両手で朝雄のペニスの根の部分を押さえるようにして、頭を動かして上下させる。じゅるじゅると唾液を自ら溢れさせ、すべりをよくして、しゃぶる。ただ動かすだけではなく、口の中の粘膜をペニスに密着させ、ときどき舌をぐりぐりと押しつける。

「気持ちいい……」

朝雄がそう口にすると、珠世は一瞬動きを止めて口を離し、「嬉しい」と言った。

「朝雄さんのこれ、舐められるの、夢みたいや」

珠世はそう言ったあと、ふたたびペニスを咥えこみ、動かす。

義母であるはずの女に、肉の棒をしゃぶらせている。冷静に考えると、なんてことをしているのだと思うが、どこか父に復讐(ふくしゅう)しているような小気味よさもあった。

そして珠世の、ときどき緩急をつけて、ふいに強く吸い上げるやり方に、あらためてこの女は、セックスが、男が好きなのだと思った。

別れた妻は、そうでなかった。自分から積極的に求める女ではなく、反応も薄かった。若かったせいもあり、朝雄のほうがやりたがって欲望を受け止めてもらって、今考えると妻に悦びはあったのかと疑問だ。だから案の定、子どもができるとセックスレスになった。妻に「もういいでしょ」と拒否されたのだ。妻が知っていたかどうかは今となってはわからないが、朝雄は外で恋人も作った。もっともその恋人ともセックスはしていたが、珠世ほど反応はよくなかったし、咥えるのも、女のほうから望むことはなかった。

「おいしい――」

珠世がまた口を離して、そう言った。

「こんなもの、おいしいのか」

「うん、朝雄さんのやから」

珠世は再び咥えて、頭を動かす。

この女とは、セックスの相性がいいのかもしれない――そう考えると、つながって確かめたくなった。

「出ちゃう前に、挿れたい」

朝雄がそう口にすると、珠世がこくりと頷き、ペニスから口を離した。

「私も、欲しかった。これ、中に、挿れてほしぃて、我慢できひん」

珠世がベッドに仰向けになり、両脚を開いて、自らの指で秘苑を広げる。たまらず朝雄が覆いかぶさる。

「自分から開くなんて、いやらしい女だ」

「恥ずかしい……」

手を添えずとも、朝雄の肉の棒はずぶりと呑み込まれるように珠世の中に差し込まれた。ぬめりが朝雄の男の棒をつつみこむ——久しぶりの感触だ。以前はいつだったか、忘れてしまったほどだ。

「入ってる……朝雄さんのが」

「入ってるよ」

「嬉しい、ずっとほしかったから」

そう言って、珠世は両手を朝雄の背に回し、もっともっとそばにいてと言わんばかりに抱きしめようとする。

「好きやったから、朝雄さんが」

それならなんで親父と結婚したんだと言いたくなったが、快楽の行為に水を差したくないから、やめた。

今はただ、目の前の女との情交を味わいたいと、朝雄は腰を動かし続ける。

「吸って」

珠世がそう口にしたので、朝雄は珠世の唇に自分の唇をつけ、舌をねじりこませた。珠世の咥内で、舌を這いずり回らせる。上も、下も、粘膜が絡み合う。

久しぶりに生で感じる女の粘膜の心地よさに、朝雄はもう既に自分が高まっているのを感じていた。出てしまいそうだ、余裕がない——いくらなんでも早いだろうと、朝雄はいったん、珠世から肉の棒を抜く。

「四つん這いになって」

と言うと、珠世は獣のようにうつ伏せになり、尻を掲げる。

形のいい、肉のついた尻だ。腰の下も肉づきがいいのは、年齢を感じさせるけれど、それでも白くて吹き出物も見えない、いい尻をしている。

そして双丘の狭間の茶褐色の陰りを見ようと、朝雄はぐっと両手で尻を開く。

「いやっ、恥ずかしい、そこはあかんて、汚い」

「汚くなんかない、可愛い」

珠世の排泄の穴は小さな皺に縁どられ、楚々としてそこにあった。指でふれると、きゅうと締まる。

「あかんて……」

そう言われると、ほしくなるのだと、朝雄は顔を近づけて舌を伸ばし、先端を尖らせて穴をつついた。

「いやっ！　恥ずかしいっ！　そこはほんま恥ずかしいっ！」

珠世がシーツに顔を埋めたまま、いやいやと言わんばかりに、尻を左右にふる。その仕草が、愛らしい。

「この穴も使ったことがあるのか？」

朝雄が聞くと、珠世は小さく「うん」と答えた。

「まさか、親父とか？」

「ううん。道俊さんは、そういう人やない」

それならば、他の男なのかと、朝雄は嫉妬じみた感情がこみ上げてくるのを自覚した。少女の頃から自分に対して憧れていたと言ってはいたくせに、当たり前だが、それなりに恋愛やセックスの経験も積んできているのだろう。

「じっと見られるの、ほんま恥ずかしい」

珠世が泣きそうな声で、そう口にした。

「挿れてほしいか」

「うん」

返事を聞かずとも、わかっていた。

高く掲げられた珠世の尻の狭間からは、とろりと粘液が溢れている。

朝雄は珠世の尻を両手でつかみ、ずぶりとうしろから差し込んだ。

「ぁあ――っ！」

ほとんど叫び声のような音を、珠世は発した。

隣の部屋に人がいたら、絶対に聞こえているだろう。

「気持ちいいのか」

「うん、いい、うしろ、いい」

朝雄の肉の棒も、さきほどより硬さを増しているような気がした。

獣の形だ、人間は獣なのだ。義母を、こんな形で犯しているなんて、人の所業ではない。葬儀の際に一度顔を合わせているとはいえ、まともに話をするのは、今日が最初だ。それなのに、会って数時間も経たないのに、お互いが一番恥ずかしいところをさらけ出し、肌を合わせている。

「あたる、これ、一番気持ちいいところにあたるの」

珠世が泣きそうな声で、そう口にした。

「そんなに、俺のがいいのか」

「うん――だって、ずっと好きやったもん」

その言葉を聞いて、朝雄の胸が締めつけられた。流されて珠世の部屋に来て、つい関係を持ってしまったが、もう引き返せない。

「俺も、好きだ」

「嬉しい」

朝雄は自分の言葉に気持ちを昂らせ、激しく腰を打ちつける。

もうどうなってしまってもいい――。

「朝雄さん、あかん……イきそうや」

「俺も」

「中に出していいから。中にほしい、朝雄さんの」

「うぅっ」

言葉にならないうめき声が漏れ、もう我慢は無理だと、朝雄は粘膜の摩擦に身を委ねた。

「ぁあっ！　イくぅっ！」

珠世の叫びと同時に、朝雄の身体の奥からマグマが爆発したように溢れ出す。

「嬉しい……」

そうつぶやくと同時に、珠世は腰を落とし、シーツに突っ伏した。

膝立ちをしたまま、珠世の粘膜から解放された朝雄のペニスは、先端から白い液体を垂らしながら、力を失ってだらりとしている。

朝雄はそのまま脱力し、うつ伏せになっている珠世の上に倒れこんだ。

「朝雄さん、好きやで。これからも一緒におって」

珠世が顔を朝雄のほうに向けて、そう言った。

今日中に朝雄は東京に帰るつもりで、新幹線の切符も取っていた。明日の午前中に一件、クライアントに戻さないといけない案件があったからだ。

果てたあと、離れがたくてしばらくふたりでベッドでじっと肌を合わせてはいたが、「帰らないといけないから」と、朝雄はシャワーを借りて、服を身に着けた。

帰る前に、今宮神社にもう一度立ち寄ろうかと朝雄が口にすると、珠世はついていくと言って、急いで自分も身支度を整えた。

思いのほか、長く部屋にいたようで、季節のせいもあるが、外に出ると薄暗くなっていた。

ふたりは今宮神社の鳥居の前に、佇む。

朝雄が口を開いた。

「今宮神社は、徳川三代将軍家光の側室で、五代将軍綱吉の母である桂昌院ゆかりの神社だと知ったのは、東京に行ってからだ。珠世さんは、もちろん知っているだろ」

珠世は答えず、ただ頷く。

「桂昌院は、もとは西陣の八百屋の娘だが、ひょんなことから将軍の妻となり、母となった。もともとの名前が、お玉であったことから、『玉の輿』という言葉が生まれたともいわれている。現代では、今宮神社は、お玉ゆかりの、玉の輿祈願の神社として、女性たちが詰めかけていると雑誌で読んだが、本当にそうみたいだな。昼にここに来たときに、若い女の子ばかりだった」

朝雄は淡々と、そう言った。

「何が言いたいん？　私が、今宮神社にお祈りして、玉の輿に乗ったとでも？」

珠世は朝雄の返答を待っているふうでもなく、そのまま言葉を続ける。

「道俊さんと結婚したとき、年の差もあったから、さんざん金目当てやって、陰口叩かれたで。道俊さんの遺産が、実子である朝雄さんに行かず、私がたくさんもらったのも……まあ、ようは思ってへん人はおるわな」

父が再婚するまで秘書として勤めていた女性は、父のもとを去るからと朝雄に連絡をくれた際に、「あの若い女は、最初から道俊さんの財産目当てで近づいたんですよ。私、少し調べてみたら、ずっと誰かの愛人になって世の中を渡り歩いてきた悪い女なんです」と、悔しそうに朝雄に告げた。

彼女によると、珠世の父は事業が失敗して借金を背負い、債権者を通じて珠世は金がある男たちの愛人になって補塡しようとしたが、彼女の母も浪費家で借金を残したまま亡くなったという。

「財産目当ての玉の輿婚やって言われても、否定はできひんのです。私は道俊さんと結婚することにより、家の借金を返すことができて、身ぎれいになりました。ずっとお金の苦労させられて、人に言えんことも、たくさんやってきました。だからお金のないつらさは、誰よりも身をもって知ってます」

　珠世の声は、どこか楽しげだった。

「私に何か才能があって、自分で稼ぐ力があればいいけれど、平凡な、何もない女です。使えるものといったら、女であることだけや。そうやって、生きてきたけど、それって悪いことなんかなぁ。金のある男に頼るしかできひん生き方が」

　空を見上げると、雲がかかってはいたが、月が見えていた。

　三日月だ。

　京都は景観条例があるから、高い建物がなく、空が広いのだというのを朝雄は久しぶりに思い出しながら、空を眺めていた。

「あなたの生き方を、否定なんかしないよ、できるわけがない」

　朝雄は、そう口にした。本音だった。人に何かを言えるほど、自分だって立派な生き方をしていない。

　そろそろバスに乗って、京都駅に向かわなければならない。新幹線の時間が迫っていた。

「じゃあ、帰るよ。元気で」

そう口にすると、珠世が朝雄の手を握った。

「朝雄さん——京都に戻ってきたらええのに。私、ひとりは寂しいねん。お金はもうじゅうぶんにもらったけど、それだけじゃ埋められないもんがあるって、今日、わかったわ」

珠世が潤んだ目で、じっと朝雄を見つめる。

——あの女が、道俊さんの命を縮めたんです。糖尿病で高血圧で、食事に気をつけろって言われてるのに甘いもの食べさせて。それだけじゃなく、みんな知ってるんですよ。夜の営(いとな)みを道俊さんに毎晩のように迫って……心臓に負担をかけるのに。親の借金を背負った可哀(かわい)そうな女に見せかけて、男たちにいやらしい遊びを教え込まれた、だらしない女なんです。だから私は、あの女が道俊さんを殺したとすら思っています。早く財産が自分のものになるために——父の葬儀で、父の秘書だった女性が、朝雄に声をかけてきて、どうしても伝えたいことがあると、喫茶店に誘われた際に、朝雄は彼女からそう告げられた。

確かに、彼女の言うとおり、父の命を縮めたのは、目の前の女なのかもしれない。

けれど、朝雄は珠世の手をふりほどくことができなかった。

「朝雄さん、ずっと好きやったんやで。これで終わりにしたくないんや」

珠世が顔を近づけ、ふたりの唇が合わさった。

玉の輿が叶うのは、自分のほうかもしれないと考えながら、朝雄は珠世の唇の狭間に、そっと自分の舌をさしこんだ。

女のあし

膝（ひざ）がかくれるぐらいの長さのグレーのタイトスカートから伸びたふくらはぎに、目がとまる。

ヒールのない茶色のパンプスを履（は）き、後ろにひっつめただけの髪型、そのあか抜けなさが、脚の形にも現れていた。

モデルやアイドルの脚を美しいとするならば、そのふくらはぎはもっさりとしていて、洗練されていないかもしれない。スカートからはみ出た脚は太目でバランスもよくない。足首が締まっているぶん、ふくらみが目立つ、ししゃもを連想させるふくらはぎだった。

けれど、自分にとっては、理想の脚だ。

烏丸通（からすまどおり）に面する神社の本殿に手を合わせている女の後ろ姿を、倉本（くらもと）はじっと眺めていたが、不審がられるといけないと、視線を逸（そ）らそうとしたその瞬間、女が振り向いた。

「あれ、倉本先生」

自分の名前を呼ばれて、この女は誰かと戸惑った。

「私、咲原（さきはら）です、咲原葵（あおい）。新聞社のカルチャーセンターの歴史講座で、先生の授業を受講しています」

女に言われて、倉本はそういえば名簿に咲原という名前があったことを思い出した。三十人ほどの受講者の中で女性は七人だが、その中で一番若い女だ。若いといっても、確か四十ぐらいのはずだ。

けれど、まだ四月で、講座は一度しか開講されていないし、地味な顔立ちの女なので、覚えてもいなかった。

脚を眺めていた気まずさもあり、何を話したらいいのか迷いながら、倉本は「どうも」とだけ口にして頭を下げる。

「お参り、ですか」

「ええ、父が脚が悪くて車椅子なので。とはいっても、治る見込みもないのですが、少しでも楽になればと」

女に言われて、そうだ、ここは足腰健康の神様だというのを倉本は思い出す。

道路を挟んで京都御苑に面している護王神社は、祭神の和気清麻呂が刺客に襲われた際に猪に守られ、負った足の傷も癒されたことから、足腰健康の神様として知られていた。

「先生は、どうしてここへ？」

葵が少し首を傾けて、問うてくる。地味な顔立ちで化粧も薄いが、丸顔で肌が白くて艶があるのに倉本は気づいた。

「僕は……すぐ近くの放送局のラジオ番組に本の宣伝で出演して、その帰りにふらっと立ち寄って」

「そうや、先生、本を出されたんですね。買います。よかったら次の講座のときにでも、サイン下さい」

そう言って、にこっと葵が笑った。

愛らしい笑顔だと、倉本は胸が高鳴った。

本といっても研究者数人の共著だし、サインなんておこがましいとは思ったが、断るのも無粋な気がした。

「あ、そろそろ私、デイサービスから父が帰ってくるから、ご飯の用意せな。じゃあ、先生、次の授業、楽しみにしています」

葵は身をひるがえして、神社の社殿を後にする。

姿が消えるまで、つい倉本は、葵のふくらはぎに見入ってしまった。

何をしているのだ自分はと我に返り、倉本は大きく息を吐いた。

そうして、バスに乗って、妻子のいる家に帰るために、烏丸通を北に歩く。


「この脚が、いいんだ。大好きだ」

「細くないし、筋肉ついてるし、不格好やのに」

「そこがいいんだよ」

倉本は裸でベッドで仰向け（あおむけ）になっている葵の左足首をつかんで高く掲げ、ふくらはぎに口をつける。

「変態だと思ってる？　ごめん。でも、昔から、女の人の身体（からだ）の中では脚が一番好きなんだ。ふとももから、つま先まで――」

葵の脚は、理想の脚だった。上半身はほっそりしているが、太ももは肉付きがよく、ふくらはぎに筋肉がついて、少しばかりO脚気味だ。足首は締まっているが、だからこそふくらはぎが太く見えるからコンプレックスなのだと葵は気にしている。けれど倉本にとっては、細くまっすぐな脚よりも、エロティックで欲情を誘う脚だった。

「何度も言ってるけど、脚だけじゃなくて、葵の全部が好きだ」

倉本がそう口にすると、葵は「じゃあ、他の部分も可愛（かわい）がって」と甘えたそぶりを見せて唇を尖（とが）らすので、倉本は葵の脚をベッドに戻すと、覆いかぶさってキスをした。待ってましたといわんばかりに葵の舌が倉本の唇の中に入ってくる。

「いやらしいキスをするようになった」

倉本がいったん唇を離してそういうと、葵は「先生がいやらしくしたんやで。だって、私、処女だったのに」と、拗（す）ねたように口にする。

その通りだ。葵は半年前、倉本とホテルに行くまで、男を知らなかった。

一年前の春、護王神社で顔を合わせてから、次の月にまた倉本が講師を務めるカルチャーセンターの講座で再会し、約束どおり本にサインをして、「感想を伝えたいから」と誘われてお茶に行った。

葵が中学生のときに両親が離婚して母は弟を連れて家を出ていき、残された葵は父と暮らしていた。短大を出て就職したが、二十五歳のときに父が交通事故で怪我(けが)をして後遺症で半身麻痺(まひ)となり、それからは会社を辞めて、保険や父の退職金、自宅でできる入力等の仕事で暮らしているのだと聞いた。

「もともと、私、自分に自信がなくて、彼氏もいたことなかったんです。けれど父が倒れてから、なお一層、人づきあいをしない生活になってしまって、ずっと独身で四十歳になりました」

聞けば、父親が難しい人で、「赤の他人の手なんて借りられるか」と、ヘルパーも嫌がり、葵がすべて世話をしていたので、家から離れられなかったという。

「それが去年ぐらいから、父も年をとっておとなしくなったし、私もひとりやとどうにもならんからデイサービスのお世話になるようになって、少しだけ時間ができたんです。お寺とか神社が好きやから、勉強したいなって思って、地元の新聞のカルチャーセンターの広告を見てたら、歴史講座を見つけて、受講を決めたんです」

その講座の講師が、倉本だった。

倉本は五十二歳で、京都の大学で日本史を学び、大学院を修了したあとも、奈良時代を専門とし研究を続けている。非常勤で大学等で教えたり、歴史に関する記事などを書いてなんとか生活していた。不安定な立場ではあるが、三十歳のときに大学の事務員だった弓子(ゆみこ)と結婚し、子どもをふたりもうけた。子どもは高校生と中学生で、弓子は仕事を続けている。

「あなたもせめて准教授になってくれたら、もっと私も楽になれるのに」

弓子には、そんな嫌味を言われたことがある。倉本は研究は好きだが、大学の人間関係や教授に取り入るために媚(こび)を売る同僚たちに嫌気がさし、敢(あ)えて距離を置いてきた。弓子とて、結婚した際に、そんな倉本の性格もわかっていただろうに。

二番目の子を授かってからセックスは全くなくなった。弓子のほうもだが、倉本も妻には欲情できなくなったのだ。だからといって、嫌いになったわけでもないので、淡々と生活は続けてきた。

葵と出会うまでは、恋愛らしきことも全くしてこなかった。地方に出張に行ったときに、風俗で遊ぶぐらいだ。自分は不器用な人間だから、家庭を壊さず遊ぶなんてできないとも思っていた。

葵を好きになったのは、まず、脚だ。

倉本は昔から、女の身体の部分では一番脚が好きだった。妻の弓子だって、今は肉が落ちて見る影もないが、昔は倉本の理想に近い脚をしていたのだ。護王神社で、葵のふくらはぎを見たときから、この脚に口づけをしたいという欲望が消えなかった。

喫茶店で葵の差し出した本にサインをして、彼女の身の上話を聞きはしたが、そこから関係を持つまでは三カ月ほどかかった。倉本は葵の境遇に同情もしたし、葵のほうからも好意らしきものを感じてはいたが、踏み出すのは勇気がいった。

関係を持ったきっかけは、万葉集について講義をし、「万葉集の中で、自分が好きな恋の歌を一首見つけて、自分なりに解釈をしてみる」という課題を出したことだった。

翌週、葵から提出されたリポートには、「私は恋愛経験がないので、恋の歌もわかりません。万葉集の恋歌を見ていたら、つらくなりました」とだけ書いてあったので、心配になり、講義後に声をかけた。

「私、ちゃんと男の人とおつきあいしたことないから、恋の歌がわからへんのかなって思うんです。恥ずかしいけど……」

葵はそう口にしたあと、他にも何か言いたげなそぶりを見せたので、倉本は葵を飲みに誘った。

「誰にも今まで話したことがなかったけれど、私、四十歳やのに、処女なんです。おかしいやろ？　ずっと縁がなかったんです。そやから女として、自分はあかんって劣等感が強くて、しんどいんです」

ビールのあと、日本酒を二杯口にして、葵は告白した。

「俺は、葵さんのことをおかしいなんて思わないよ。女性としてもすごく魅力的だと思ってる」

　そう口にすると、葵は驚いた顔をしながら「嬉（うれ）しい」と言った。

「でも……実際につきあうとなると、先生だって、四十の処女なんてめんどくさいから嫌なんちゃうの？」

　葵が泣きそうな声を出し目を潤（うる）ませているので、思わず、「俺は葵さんの初めての男になりたいぐらいだ」と口にした。

「ほんまに？　先生……やったら証明して見せて」

　そう言われ、気が付けば葵の手を握っていた。

　そのままホテルに行き、それぞれシャワーを浴びた。葵が懇願するので、部屋の電気を消して、真っ暗にした。

処女を抱くのは初めてだから気をつかったが、ゆっくりと倉本は葵を慈しんだ。裸になった葵は、やはり細身で胸も小さかったが、下半身は肉付きがよく、ふれると柔らかく心地よかった。挿入の際に多少の痛みはあったようだが、「それよりも、倉本先生とこうなれたことが、幸せや」と、葵は涙を溢れさせた。

三度目の逢瀬から、葵は躊躇うことなく声をあげ、自分からも倉本のペニスを咥えるようになった。そんなふうに求められることが嬉しくて、またこの女は自分しか知らないのだと思うと義務感のようなものも生じ、倉本は葵との関係にのめり込んでいった。

「私、男の人のこれって、苦手やったんよ。父親のシモの世話ずっとしとるやろ。邪魔やし、だらんとしてて……でも、倉本さんのが初めて自分の中に入ってきたとき、好きな人のに突き刺されて、嬉しくて……。恥ずかしいけど、倉本さんのは、好き」

そう言って、身体を起こした葵は、仰向けに寝そべっている倉本のペニスを右手でつかみながら、口先をつける。

正直、もう五十を過ぎていて、葵と最初にホテルに行った日も、勃起するか不安であった。けれど、恥じらいながらも勇気を出して自分に抱かれようとする葵を愛(いと)おしいと思うと、たやすく硬くなった。

回数を重ねるごとに、葵が身体を開き、悦(よろこ)びを表してくれるのが、たまらなく嬉しかった。葵のほうから求められると、生きていることを許される気がした。

五十を過ぎた自分が、こんなふうに愛し愛される恋愛ができるなんて――。

「葵、お尻をこっちに向けて」

倉本がそう言うと、葵は耳を赤くして「恥ずかしい」と小さく口にしながら、倉本のペニスを手にしたまま互い違いの形になる。倉本は左手で葵の右足を抱えながら口にし、太ももをときおり吸って放すのを繰り返す。そうして葵が脚を伸ばすと、太ももを抱える形になり、目の前にある葵の秘花に舌を伸ばす。

そこはいつも潤っており、むわぁんと酸味混じりの香りを漂わせていた。

手入れのされていない陰毛は肉を覆うようにまんべんなく生(は)えてはいるが、薄く、肉襞(ひだ)を愛(め)でるのを阻(はば)むものはない。

最初にここを口にしようとしたら、葵は身をよじって恥ずかしがった。「汚いから」というが、葵の身体に汚いところなどないと股を開かせた。今では倉本が舌を添えて動かすたびに、部屋に響き渡る声をあげる。

舌を裂け目に押し付け、にゅるりと中に入れて、魚のひれのように動かすと、奥から苦みまじりのぬるい汁が溢れてくるのがわかった。

その汁を倉本は先端で皮から剝き出しになった小さな粒にこすりつけるようにすると、葵は叫ぶような声をあげて尻を浮かす。

「それ……されると、もう……あかん」

「挿れて欲しいのか?」

「うん」

倉本自身も、もう我慢ができなかった。

葵を仰向けに寝かせ、両脚の狭間に身体をすべりこませて唇を合わせる。もう、これだけ潤っていたら、じゅうぶんだ。手を添えずとも、屹立したペニスがずぶりと葵の中に入っていく。

最初にホテルに行ったときには備え付けの避妊具を使ったが、三度目からは、

「生理しんどくて、低用量ピルを飲んでいるからそのまましてくれても大丈夫やで」

と言われて、それに従っていた。

「ぁあ……あったかい」

葵の身体の中の襞が、自分のペニスを呑み込んでいく感触があり、倉本は思わずそう口にした。

「好き……気持ちいい」

葵はそう言って、自分に引き寄せるように倉本の背中にまわした両手に力をいれる。両脚も倉本の腰にからみつかせる。

きっと無意識で、こうしているのだろうが、自分の身体に葵の脚がからみつく感触は、たまらなく倉本を興奮させた。妻はこんなふうに、悦びを表すことはせず、いつもされるがままだった。

葵のふくらはぎが、ぐぃぐぃと締め付けてくるのがわかると、ペニスがさらに硬くなるのがわかる。

本当にこの女は自分を求めて愛してくれているのだ――。

そう考えるとますます愛おしくもなり、倉本は腰の動きを速める。

「ぁあ……先生……好き……」

葵が首を反らして、声をあげる。

「俺も、好きだ。愛してる」

倉本は自分の身体の奥から濁流のようにマグマがこみ上げてくるのを感じ、すがりつくように葵の首筋に顔を埋める。

「出る——」

泣きそうな声で、そう口にすると、倉本の腰にからみついた葵のふくらはぎが、締め付ける力を強めた気がして、触れた部分から悦びが全身を駆け巡る。

葵の脚に押し出されるように、一気に男の精が奥から溢れ出して、倉本は咆哮をあげた。

「一年やな」

「え?」

「先生と出会ってから、一年経ったんや」

四月になり、倉本は「昨年、好評だったから」と、引き続き歴史講座の講師をつとめ、新年度の講座のために新聞社に出かけ、その帰りに護王神社で葵と待ち合わせた。

葵の父親は昨年の秋に脳出血を起こし、それから入院したままだ。もうそんなに長くはないと医者に言われたのだという。

「お父さんには悪いけど、正直、楽になったんや。私、ずっと父の世話で、就職もできひんかったし、恋愛も……この年になるまで無縁やった。今、家でひとりになって、好きなときにご飯を食べて、外出も自由にできて……やっと解放されようとしてるんや」

だから家に来てと、葵に誘われたのだ。倉本は一瞬、躊躇ったが、正直、葵との逢瀬の食事代やホテル代が多少の負担にはなっていたのと、拒んで葵を傷つけるのが嫌だったので、了解した。

葵の家は、護王神社から少し西に歩き、住宅街の中にある小さな一軒家だった。

「古い家で、あちこちガタが来てるし、冬はほんま寒いんや。ここ売って、マンションに買ったほうがええんちゃうって父に提案したこともあるけど、ここは俺が買った家やって怒られたわ」

古いだけではなく、どこか湿り気のある空気が充満していて、灯りをつけても暗い気がしたのは、この家で父とふたり、暗鬱な時間を過ごしてきたせいだろうか。

四畳半の茶の間には、不自然なぐらい大きなソファーがあった。父親がテレビを見るためのものだという。そこに倉本を座らせ、葵はお茶を入れて目の前に置き、自分も倉本の隣に腰を沈めた。

「私、友だちもおらへん。自由に遊びに行けへんし、何よりも、みんなが当たり前のように恋愛したり結婚したり、子どもを産んだりするのを見てるのが、つらい。逃げ出したいと思ったことは、何回もあったけど、できひんかったなぁ。早いうちから、諦めてたんや。私には、幸せは縁遠いって。でも、倉本先生に出会ってから……」

葵はそう言って身体を傾け、倉本の肩に頭を預ける。

「私も幸せになってええんかもって、思った。私を女にしてくれたし」

倉本は自分によりかかる葵の頭を撫でる。

いじらしく、可愛らしく、愛おしい。

この一年間に、何度セックスしただろう。女に、こんなふうに愛されている、求められていると思えたのは、初めてかもしれない。そうして倉本自身も、葵を愛おしく思っていたのは、間違いはない。

けれど、自分には妻も子もいる。

妻の弓子は、倉本の変化に気づいている様子はなかった。関心がないのだろう。けれど、だからといって、離婚となると大ごとだ。自分たち夫婦に恋愛感情などとっくに消え失せてはいるが、弓子はプライドの高い女だし激高するのは目に見えている。子どもたちも、だいぶ大きくなったとはいえ、感受性の強い年ごろだ。

「私は何も望んでへんで。ただ、先生が、ときどき、こうして会ってくれたら、それでええんや」

倉本の不安を察したかのように、葵がそう口にした。

「ごめん」

「謝らんでええのに。謝られたら、私が先生を好きになったのが、悪いことみたいや」

「ごめん」

「また、謝る。ズルい」

倉本は言葉を発する代わりに、葵の唇を吸った。もう今は自然に、どちらからともなく舌が絡み合う。

「先生の、舐めさせて」

葵がそう言うので、倉本はソファーの上に仰向けになって横たわる。ベルトを外し、ズボンと下着を葵がずり下ろすと、ぐにゃりとしたペニスがこぼれた。

「風呂入ってないのに」

「ええの。先生のやったら」

そう言って、葵は嬉しそうにペニスをつかんで、ぱくりと口の中にいれる。まだ硬くないそれは、たやすくすべて女に含まれてしまう。

「あっ」

と、倉本は小さく声を漏らした。葵の口の中で舌でこねくりまわされると、むずがゆい感触とともに、硬くなるのがわかる。

葵はいったん口を離し、ペニスの根元を右手の親指とひと差し指で輪をつくるよう囲み、唇を上下に動かしはじめた。

「うぅ……気持ちがいい」

倉本が声を漏らす。つきあいはじめは、おそるおそる舌を動かすことしかできなかったのに、今ではこうして自分から食らいついてくる。緩急をつけて男を悦ばす術も身に付けた。

「先生の、大きい」

いったん口を離して、葵がそう言った。

「そうかな、普通じゃないか」

「口の中がいっぱいになっちゃう」

「俺のしか知らないから、そう思うんだよ」

そう返しながらも、大きいと言われることは優越感が得られて、気持ちがいい。

「昨年、講座の三回目だったかな……奈良時代から平安時代への変遷について、孝謙天皇と道鏡の話になって……家に帰って、道鏡を検索したら、いろいろ出てきたから、びっくりしちゃった」

葵がそう言って、照れ臭そうな笑みを浮かべて、また再び倉本のペニスを咥え、上下に動かし始めた。

弓削道鏡——確かに講義の中で話はした。奈良仏教と政治の結びつき、そこからの平安遷都の流れの中では外せない人物だからだ。

奈良の大仏を造った聖武天皇の娘であり、藤原氏の娘である光明皇后が母であるゆえに、女の身ながら独身のまま即位した孝謙天皇、のちの称徳天皇の話だ。後世に男を知らないから道鏡の巨根にはまって言いなりになり、彼を天皇にしようとしたのだという「道鏡巨根伝説」が生まれたのだが、そこまではさすがに授業では話せなかった。

江戸時代には「道鏡」という名の性具も売られていたらしいし、その巨大な男根を引きずって歩いていたなんて話もある。もちろん、伝承に過ぎないし、そもそも男根が巨大な男に女が惹かれるというのも、ポルノじみた幻想だ。

そうだ、と倉本は思い出す。

道鏡を天皇にしたい孝謙天皇が、和気清麻呂を大分の宇佐八幡宮にご神託を聞きに行かせたが、神が出した答えは「NO」だった。怒った孝謙天皇が、和気清麻呂を大隈へ流した。そのときに道鏡の刺客から清麻呂を守ったのが猪で――葵のふくらはぎを見て、初めて意識したのは、和気清麻呂を祀る護王神社だった。

「私は先生のここ……好きや」

そう言って葵は、じゅるりと倉本のペニスを吸い上げる。

「ぁあっ！」

倉本は思わず大きな声をあげて、そうだここはホテルではないのだと我に返る。

「近所に聞こえたら駄目だな、ごめん」

「ええよ。もう、誰に知られても」

葵はそう言いながら、倉本のペニスを握ったまま身体を起こす。

「このまま——」

倉本の上になった葵は、ペニスに手を添えて、ゆっくりと腰を落とす。

「ごめんなさい、もう我慢できなくなって……挿れたくて……」

つい一年前まで、この女は処女だったのだと、誰が信じるだろうか。男を知り、セックスにのめり込んだ葵は、雰囲気もあか抜けて、艶が内面からにじみ出ていると思うのは、倉本のひいき目ではないはずだ。

父親が入院してから、時間ができたと葵は近所の和菓子屋のカフェでアルバイトをはじめたというが、そこで客から二度ほど声をかけられ連絡先を渡されたとも聞いた。

「ぁあ……先生の、大きくて……奥にあたる」

こうして女が上になった体位で、自分から動くと、身体の奥にペニスがあたる感触があると、葵は言う。

葵は最初はゆっくりと上下に動いていたが、次に「の」の字を書くように腰をグラインドさせる。女の粘膜に捕らわれたペニスが振り回されているようで、じわじわと疼きがこみ上げてくる。

「あたる……先生の……すごくいい……」

葵が覆いかぶさるように上半身を落とし、唇が重なった。

「私ばかり気持ちよくなってたら、ごめんなさい」

「そんなことない……俺のも喜んでるよ」

「嬉しい。一緒に気持ちよくなれるなんて、幸せ。私、自分がこんなふうに幸せになれるなんて、思ってもみなかった。ぜんぶ先生のおかげ」

葵の目が潤っている気がした。

「先生が、私を解放してくれたんや。私、もう、自由に生きたい。もっと幸せになりたい」

葵の腰のグラインドのスピードが速くなる。

「出ちゃいそうだ」

「いつでも出して――」

葵が身体を起こし、倉本の胸に両手をあてて、こすりつけるように腰を動かす。

「あぁ……気持ちいい」

見えはしないけれど、きっとクリトリスをこすりつけているのだろう。上になって動くときに、すべるように前後に動かすとこすれて気持ちがいいのだと、以前、言っていた。

「私も、イっちゃうかも――」

泣きそうな声を葵が発する。

「あぁっ……私の中が、先生のおちんちんでいっぱいになってる……大きいおちんちんで――」

いつ頃からか、葵は淫(みだ)らな言葉も自ら発するようになった。羞恥心(しゅうちしん)がまた興奮させるらしい。

「イきそう――」

「俺も……」

葵の激しい腰の動きに、倉本は耐えきれず叫び声と同時に白く生暖かい液体を噴射した。

「……ごめん、汚れちゃったな」

息を整え、上にかぶさる葵を抱きしめながら、倉本がそう言った。

葵とホテルのベッドではない場所でするのは初めてで、ソファーにふたりから流れた液体が垂れている。

「いいの、あとで拭いておくし」

「シミにならないかな」

「シミになってもいいよ。ふたりが愛し合った証なんやもん」

そう言いながら、葵は身体を起こし、ティッシュを股間にあてる。

射精して、初めてゆっくり、倉本は部屋を見渡した。

テレビの隣の飾り棚には、どこかの土産らしき着物の人形がガラスケースに入って置いてある。写真立てには、男女と小学生ぐらいの子どもがふたりだ。葵の両親と、葵と弟だろうか。うしろの背景には見覚えがある、東大寺の大仏殿だ。

「最後に家族で遊びに行ったときの写真や。鹿が怖くて、私は泣いてたのを覚えてる。この写真では笑ってるけどな」

倉本の視線に気が付いたのか、葵がそう言った。

「お母さんは？」

「母は離婚して、すぐに再婚したんよ。相手の都合で、東北に住んで……ずいぶんと会ってない。再婚相手との間にも子どもができたらしいんや」

葵は倉本のうなだれたペニスをさわりながら、言葉を続ける。

「なんで弟を連れていって、私は父親のもとに残したんやろって、ずっと不思議やった。……最後に母と話したときに聞いてみたら、『男の人は世話してくれる女の人が必要だと思ったから』って言われて、ショックやった。母がほんまは再婚相手と、離婚前からつきあってたのは薄々気が付いてたけど、自分は恋愛してて、娘に夫の世話を押しつけようとしたなんて……私の存在って、なんなん？　って、悲しくなったんよ。それからはもう母とは連絡も取ってへん」

葵はそう言って立ち上がり、居間の向かい側にある台所からペットボトルの水とグラスを持ってきて、グラスに注いだ水をごくごくと飲む。

「でも、これは自分に与えられた運命なんやって、諦めてたで。正直、私かて、今まで言い寄ってくる男はおったんや。でも、いざとなって、私、男の人とそういうことしたことないって言ったら、引かれてしまったり……。あと、親戚のおばさんが、お見合い相手を探してくれたこともあるんやけど、父親の介護してるってのがネックになってあかんかった。だからもう、ほんま自分は一生、このままなんやと諦めてたけど四十を過ぎて……あまりにも私の人生は誰かの犠牲になってばかりやって考えてたときに、先生と出会った。そやから私、今、幸せや」

葵に渡されたグラスの水に、倉本も口をつける。

「離れられへん――」

そう言って自分にしなだれかかる葵の肩を抱きながら、倉本は自分はもしかして深く踏み込み過ぎたのではないかと考えていた。

泊まってもええんやでと葵に言われたが、さすがにそれはできないと、倉本は家に帰った。帰宅すると、妻の弓子が、ダイニングの椅子に座り、スマホを手にしている。

「お帰りなさい。遅いね」

「生徒の課題を読んでたら、時間経ってしまってな。ああ、夕食は食べてきたから」

「うん。わかってる」

弓子は倉本のほうを見ずに、スマホで何やら打ち込んでいる。

「ああ、ごめんなさい。うちの大学に白橋(しらはし)教授って、いるでしょ」

白橋教授は専門が違うので顔は合わせたことはないが、整った顔立ちで弁が立ち、テレビにも出ている有名人だった。

「白橋さんが、どうかしたのか」

「大変よ。学生に手を出して……ううん、以前から女性関係はいろんな噂(うわさ)があったけど、どうも妊娠させちゃったらしく、学生は白橋さんに結婚を迫るし、白橋さんの奥さんが、大学を訴えるとか言い出してね。今、同僚とその話をＬＩＮＥでしてたの」

さきほどまで妻ではない女を抱いていたのだと思い出し、倉本は動揺しながらも冷静さを装い、冷蔵庫から取り出したペットボトルの水を口にする。

「大学を訴えるって？」

「そう。浮気相手を訴えるのならよくある話だけど、環境に問題があるんだって奥さんが言い出して……だけどその学生の親も、うちの娘は男とつきあったことがないのを、教授が慰(なぐさ)み者にしたんだって怒って、告訴合戦になりそうなの。それがどうも週刊誌にも出そうでね」

「ふうん、大変だな。でも、白橋教授って還暦過ぎてないか」

「そう。六十二歳だって。若く見えるから五十代かと思いこんでた。そんな年齢でも、男の人は子ども作れるのよね。でも、避妊ぐらいしたらいいのにって思うじゃない。なんか聞いたところによると、学生の子のほうがもともと白橋さんのファンで、積極的に近づいていったらしいのよ。女もズルいのよね」

倉本は弓子の話を聞きながら、意識の底に眠らされ、見て見ぬふりをしていた不安が、喉元(のどもと)にこみ上げてくる感触を味わっていた。

「風呂に入ってくる」

これ以上、考えたくないと、倉本は着替えを手にして浴室に行く。

服を脱ぐと、甘い花の香りがした。葵の家に、うっすらと漂っていた匂いだ。自分ではうまくやっているつもりだったが、どこかしら女の痕跡(こんせき)は残っているし、いつ妻に気づかれてもおかしくない。

湯船につかり、すっかり力を失ったペニスに手をふれる。

葵が「大きい」と言ってくれる男の棒は、今はぐにゃりと柔らかくなってしまっている。他に男を知らないからこその「大きい」だとわかっていても、喜んでしまう自分の滑稽さは自覚している。

葵のことは好きで、愛おしい。

ただ、今のようにときどき会ってセックスするぐらいしか、何もしてやれない。葵だとて、最初から倉本が妻子持ちだとは承知しているし、倉本も妻と別れるなどと一度も口にしたことはない。

だから、このままの関係がずっと続くのが、理想的なのだ。

しかし、そう考えるのは、あまりにも自分に都合がよすぎるのだろうか——。

「先生」

声をかけられて振り向くと、薄暗い闇の中に月を背に葵が立っていたので、驚いた。

「なんで」

「先生、ラジオの生放送に出てはったやろ。近くやなって思って放送局の前の烏丸通で待ってたら、先生が出てきて……」

倉本は久しぶりにラジオに講座の宣伝で呼ばれていったが、告知などもしていなかった。まさか葵が聴いていたとは。

今日は特に約束もしておらず、そのまま家に帰るつもりだったが、ふと散歩がてら京都御苑沿いを歩いていて蛤御門（はまぐりごもん）の前を通ったら、葵に呼び止められたのだ。

「近くまで来てたんやったら、うちに寄ってくれたらええのに。私ひとりしかおらんから、気軽に来てくれたってええんやで。泊まってくれても」

そういうわけにもいかないと口にしかけたのを、倉本は留める。

「先生」

葵が倉本の手を引っ張って、広大な闇の庭に近づける。かつて天皇や貴族が住んでいた、京都の中心にある巨大な闇があるこの御苑は、東西は七百メートル、南北は一キロ以上の広さがあり、終日開放されているが、静寂で暗いせいか、夜は人の気配もほとんどない。

「先生の声、ラジオで聴いてたら、会いたくてたまらんようになってん」

葵は木々が繁(しげ)る一角まで来て、倉本にそう言った。

「でも、いきなり来られるのは、困る」

「わかってるけど、我慢できひんかった」

そう言って、葵が顔を近づけて、倉本の唇に自分の唇を寄せた。

「何かあったのか」

「……父親が、もう危ないんよ。今度はほんまに」

なら、こんなところにいていいのかと言いかけた倉本の唇を、もう一度葵が塞(ふさ)ぎ、身体を押しつけてくる。

「これでやっと解放される。悲しくも寂しくもないんよ。だって私、ずっと父親のせいで自由を奪われ、若さを失って生きてきたから……。父が死んだら、あの家を売って、身軽になるわ。女として、人生を取り戻すんや」

葵の表情は、晴れやかで、笑っていた。

「先生のおかげや」

「なんで」

「女としての悦びを教えてくれて、勇気を与えてくれたから。先生、大好き」

そう言って葵は、倉本の手をつかみ、スカートの中に導く。

指先に叢(くさむら)の感触があった。下着をつけていないのか。

「先生、して」

「こんなところで……もしも人が来たら」

「大丈夫や。一度、外でしてみたかってん。スリルがあって興奮するんやろうなぁって。先生、私な、ほんまは、したいことはたくさんあるんやで」

ダメだ——そう口にしたいけれど、葵に導かれた指先が、叢からその下の柔らかな肉にあたり、生暖かい粘液を感じると、自分の股間に疼きが伝わってきた。

「ああ……先生のここ、硬くなってるやん」

葵がもう片方の手で、ズボンの上から倉本の肉の棒を撫でまわす。

「大きい……もう、私、先生のこれ無しでは生きていけへん」

葵はそう言って、倉本のベルトを外し、ジッパーを下ろしズボンの中に手を入れ、ペニスを引っ張り出した。

「やめろ……」

「先生、そんなこと言って、もう硬くなってる」

葵の言うとおりだった。

頭ではこんな場所で、見つかったらどうするのかと思ってはいるのに、身体は興奮している。

若い頃は、確かに勢いで、外でしてしまったことはあったが、結婚してからは分別がついたはずだった。

「先生、もう、私……挿れて欲しくて、たまらへん」

葵がそばにあるベンチに寝転がり身体をくねらすようにして、自らスカートの裾（すそ）をあげ、倉本を手招きする。

葵はやはり下着をつけていなかった。

闇の中に、まるで輝きを発しているかのような葵の白い脚が浮かんだ。

虫が光に引き寄せられるかのように、倉本は葵に覆いかぶさり、葵の脚を開かせ、ずぶりとペニスを差し込んだ。

「ぁあ……」

抑えた声が、葵の口からもれる。

何をやっているのだ自分は――いい年してと考えながらも、倉本は腰を動かすのをやめられない。

「もう、先生無しでは、生きていけへん」

それは自分のほうとて、そうなのだ。

男としての自信が、葵によって取り戻された。

静かな闇の中、くっちゃくっちゃと粘膜がこすれあう音が響く。

「先生……私、自分は女として幸せになれへんて思い込んでたけど……そんなことないって、先生に抱かれてわかったんよ……まだ子どもだって産める」

腰を動かしながら、倉本はあっと声を出しそうになった。

護王神社は、足腰健康の神様ではあるが、もうひとりの祭神である和気清麻呂の姉の広虫(ひろむし)が、身寄りのない子どもたちを育てたからと、子育て大明神とも呼ばれているのだ。

葵があの神社で祈っていたのは、父の病気快癒ではなくて、まさか――。

「あぁん……先生の、大きい……すごい……」

頭の中では危険だとわかっているけれど、もう自分は後戻りできないところまで来てしまったのだ。

「気持ちがいい……先生……中に出してぇ……」

葵のふくらはぎが、ぎゅっと自分の身体を締め付ける感触がして、「ぁあっ」と倉本は声を漏らした。

芸能神社

私は綺麗だ。

李梨は、裸になり、部屋の全身が映る鏡の前に立っていた。

うりざね顔、大きな瞳、整った顔立ち、Cカップだけど、丸く形のいい乳房と、くびれた腰。一番の自慢は、この長い脚だった。かたちの良さでは、誰にも負けない自信はある。

アンダーヘアは、グラビアの仕事のために整え、性器を囲むように楚々としてあるだけだ。

ヨガとストレッチで、年齢の割には尻も垂れていない。

子どもの頃から、綺麗な娘だと言われ続けてきた。

「李梨ちゃんは、将来、アイドルか女優さんになるのかな」と、学校の先生にも言われ、自分は当たり前のように華やかな世界にすすむのだと信じていた。

大学ではミスコンで入賞もして、グラビアの仕事も入ってきて、ちょっとした有名人でもあった。

それなのに――。

「タレントって、才能、才能がある人って意味なんだよ。ズバリ残酷なこと言っちゃうけど……何かしらないとね、きついよ」

東京で所属していた事務所のマネージャーから、同情交じりの表情で言われた言葉が、忘れられない。

つまり彼は、李梨には才能がない、タレントには向いていないと言いたいのだ。

李梨は、反論が全くできなかった。

大学卒業と同時に「タレントになる」と、親の反対を押し切り、李梨は生まれ育った京都を出て東京の芸能事務所に所属した。しかし、東京には、李梨程度の美貌とスタイルの持ち主は、溢れていた。

美容整形で目を二重にしても、パッとせず、「まあまあ美人だけど印象に残らない顔」にしかなれなかった。演技も下手で、歌も上手くない。月に一度か二度、その他大勢の仕事がまわってくるぐらいだった。それなりに努力はしたつもりだったけれど、もともとの才能のある人たちには届かずに、同じ事務所のモデルの紹介で、「タレント多数在籍」の六本木のクラブで働いてなんとか生活していた。

自分はちょっと綺麗なだけの平凡な女だ、才能なんてないとわかっていたから、いつも愛想を良くして、我儘も言わず、人の言葉には意見などせず相槌を打ち、「いい子」として生きてきた。けれど、そのせいか「優等生だけど、つまんない」「自分がない。中身空っぽ」などと言われているのも知っていた。けれど、どうしようもなかった。

三十歳を過ぎて、「もうギリギリだけど、君には他にできることないよ。芸能人て肩書あれば、無名でも多少は売れるし」と、アダルトビデオの出演を持ちかけられて、「絶対に嫌です」と、即答した。枕営業して仕事を得て成功した仲間もいたが、それも断った。

そうして事務所に居づらくなり、東京でこれ以上芸能活動をする気力も失い、李梨は京都に戻った。けれど実家には姉夫婦が子どもと一緒に住んでいて、李梨の居場所はなく、丸太町の古くて安いマンションを借りた。

大阪の小さな芸能事務所に所属すると、京都のお昼のラジオ番組のアシスタントのタレントの産休中に、代理で出演することになった。その後、産休中のタレントが夫の仕事の転勤に伴い東京に引っ越して、そのまま李梨はレギュラーとなった。メインの男性アナウンサーが気のいい人なのと、李梨自身も地元という場所の気楽さか口も滑らかになり、数年続いていた。しばらく経つと同じ局のテレビの情報番組でも、京都の町のリポーターをするようになって、なんとか暮らしていけている。

それでも生活は、楽ではない。周りは「子ども産むんなら、ギリギリの年齢だよ。婚活したら」などと言ってくるし、両親も「心配や。根無し草みたいな仕事で、これからどうするん。親としては早く結婚して欲しい」と煩いが、結婚なんて、できる気がしなかった。

李梨の初体験は、高校時代の先輩で、初めての恋人だった。痛いだけで、気持ち良さなんてなかった。回数を重ねていくと、よくなるのかなと思っていたが、ずっと変わらなかった。セックスを李梨が痛がるのが原因で、彼氏とは別れた。

東京に出てから、仕事で出会った五つ上のサラリーマンといい雰囲気になり告白されてつきあいもした。彼のことは好きだったはずなのに、舐められるのは気持ち悪いし、挿入されるときはいつも痛みを我慢するので、気持ちが冷めてしまう。

それからも恋愛じみたことは何度かあったが、セックスは気持ちよくない。なるべくやりたくはない。男のペニスを咥(くわ)えるのも、どうしても抵抗があった。AV出演を断ったのは、親に顔向けができなくなるという以上に、セックスが苦痛だったからだ。好きな男相手ですらしたくないのだから、好きでもない相手となんて、とんでもなかった。

水商売をしていた頃も、「指名してあげるから」と、アフターや同伴につきあわされ、最終的にセックスを迫られるのが苦痛で、つらかった。断ると、もう次から店に訪れなくなってしまい、「大人なんだから、何もなしにお金使ってくれるわけがないでしょう」と、ママから嫌味を言われたこともある。

「いい仕事あるから」と、誘ってくる業界人もときどきいた。李梨のような三流の、人気の無いタレントのほうが、誘いやすいからだというのは、わかっていた。つまりはバカにされているのだ。

売れたらこんな目にあわないのにと、悔しい想(おも)いは何度もした。同じ事務所のタレントが、有名な放送作家と寝て、タレントとして成功する様子を複雑な想いで眺めもしていた。

セックスなんて、したくないし、したいと思われるのは負担でしかない。けれど、男女のつきあいには、どうしてもついてまわる。そんな自分は結婚、ましてや出産なんてできるわけがない。

「美人に生まれたのに、セックス嫌いなんて、もったいない」なんて、つきあった男に言われもしたことがある。

京都に戻ってきてからも、局のスタッフに好意を抱かれたことはあるけれど、彼氏がいるふりをしてかわした。そのうち三十半ばを過ぎて、誘われる機会も減った。年齢的に結婚を焦っていると、勝手に敬遠されているのかもしれない。けれど、そのほうが、楽だった。

そうしてなんとなく平穏に過ごしてきたが、三十九歳になって、アシスタントをしているラジオ番組が今年の三月で終了すると聞いた。理由はメインのアナウンサーが、退職してフリーになるからだ。

「ごめんね、李梨ちゃん」

長年の相棒であった竹下弘二(たけしたこうじ)アナウンサーは、申し訳なさそうに番組終了後、李梨に謝った。

次の番組は、京都の元府知事がメインMCを務めるということで、局も力を入れているのだとは聞いていた。新番組のアシスタントは、有名歌手の娘の女性タレントだ。李梨と同い年ではあるが、三人の子どもを育てながら精力的に仕事をしていて評判もよい。

元府知事の番組に、私では力不足ってことか……そう認めないわけにはいかなかった。

自分は、「タレント」として、力がないのだ。背が高くまあまあ美人ではあるけれど、そんな女、巷(ちまた)に溢れている。年齢も若くなってしまって、使い勝手が悪いという話も耳にした。ときどきリポーターなどで使ってもらえはするけれど、唯一のレギュラーを失うのは、大打撃だ。パチンコ屋のイメージガールもしているけれど、次々に若い子が出てきて、契約を打ち切られそうな雰囲気がある。アルバイトを探さないといけないのか……と考えると、気が重い。

でも、そもそも何の才能もない自分が、「タレント」としてしがみつくのが、間違っているんじゃないかと、李梨は落ち込んでいた。
友だちに愚痴でも吐けたらいいが、同級生たちは結婚して子育ての真っ最中だ。呼び出して、飲みに行ける知り合いもいない。何より、学生時代、華やかな存在だった自分が、落ちぶれたと思われるのはプライドが許さなかった。親にも甘えられない。「だからあんたも早く結婚して子ども産めばいいのに」としか言われないのは、承知している。

鬱々と、部屋のベッドに横たわりながら、李梨はテレビを見ていた。自分がときどき、リポーターとして出演する番組だが、最近はお呼びがかかる機会も減っていた。

「今日は、車折（くるまざき）神社に来ました」

画面の中では、最近、ちょくちょく顔を見る機会が増えた、ぽっちゃりした女性のお笑い芸人が映っている。

「すごいですね〜。芸能人の名前がたくさんあります。この車折神社の中にある、こちらが芸能神社。芸能の神様ということで、俳優さん、芸人さん、多くの人が訪れているんです。私もお詣（まい）りしまーす。ダイエット成功して美人になってモデルの仕事来ますように！　なんて、冗談です！　お笑いのコンテストで一位になれますように！」

　そう言って、芸人は手を合わせていた。

　車折神社——名前だけは聞いたことがある。芸能人が多く訪れていることも、ぼんやりと知っていた。

　けれど、京都の人間であるがゆえに、いつでも行けるからと、敢えて行く機会も持たなかった。

　芸能神社か……時間はあるし、明日、行ってみようかなと、李梨はスマホで車折神社の行き方を調べた。

　四条大宮まで出て、そこからは嵐山線、通称「嵐電」に乗り込む。路面を走る電車の、窓の外の景色を眺めているだけでも、落ち込んだ気分が軽くなる。車折神社は、嵐山に近い。嵐山は、観光地として有名だから、仕事でリポートしたり、ときどき訪れていたが、車折神社とは縁がなかった。

　嵐電の「車折神社」の駅を降りると、目の前に鳥居がある。

鮮やかな朱塗りで、そんなに古くないのだろう。

境内に入ると、着物姿の若い女の子たちが、ちらほらいた。レンタル着物を身に着けた観光客だろうというのは、眺めていてわかる。

車折神社の中の芸能神社は、多くの芸能人がお詣りに来ていて、朱塗りの玉垣を奉納していることもあり、ファンたちが訪れるというのは事前にネットで調べて知っていた。

本殿でお詣りをして、次は芸能神社に行く。ひときわ鮮やかな社殿で、奮発のつもりで、李梨は千円をお賽銭箱の中に入れて、手を合わす。

仕事を、ください。

私は「才能」なんてないかもしれないけれど、まだこの世界にいたいんです。

芸能のお仕事に恵まれますように――。

口にはしないが、必死に心の中で、唱えた。

芸能神社を囲む朱色の玉垣は、少し眺めるだけで、著名な芸能人たちの名前が並ぶ。芸能人だけではなく、歌舞伎役者や音楽関係者、スポーツ選手たちの名もある。

自分もこの朱の玉垣に名前を入れて並べてもらおうかとも考えたが、無名の、レギュラー番組を失い、今はほとんど無職である自分が、名だたる芸能人たちと名前が並ぶのは、恥ずかしくて申し訳ない気がして、やめた。

売店でお守りを購入し、再び嵐電に乗って四条大宮に戻った。

〈李梨ちゃん、どうしてる？　ご飯でも行かない？〉

竹下アナウンサーからそんなＬＩＮＥが来たのは、車折神社にお参りをしてから一カ月後だ。

李梨は、仕事がなくて困っていると事務所のマネージャーに相談もしたけれど、「年齢的に、厳しいんだよな。次々に若い子が出てくる世界だから」と無下にされた。アルバイト探しをしていたが、就職経験も資格もないせいか、履歴書を送った時点で断られることが続いていた。

竹下アナウンサーとは、一緒にラジオをやっていた際は、一年に二度、スポンサーとの食事会ぐらいしか酒席を共にしたことがなかった。愛妻家という噂（うわさ）で、番組が終わってもすぐに帰宅する。だからこそ面倒なことがなく、長く仕事のパートナーとしていられたのだ。

そんな竹下アナウンサーが、食事に誘ってくれたのは、驚きだ。けれど戸惑っていると、李梨の躊躇い(ためら)を見透かしたように〈ふたりきりじゃないからね！　安心して！　フリーになって、京都に新しくできた事務所に入ったんだけど、そこの社長たちとの食事会だから〉

と、続けてLINEが来た。自身が独立したことにより番組が終わり、李梨が仕事を失ったことも気にかけてくれているのだろう。

「京都に新しくできた事務所」というのも気になった。たいてい、芸能事務所は関西では大阪だ。李梨は、かすかな希望を感じながら、竹下アナウンサーに〈喜んで。久々に竹下さんにもお会いしたいです〉と返事をした。

仕事につながればいい……そんな期待を抱かずにはいられなかった。

竹下アナウンサーが新しく所属した事務所をネットで検索したら、HPが見つかった。社長は女性で、元タレントだとプロフィールにあったが、聞いたことのない名前だった。所属タレントのページには竹下アナウンサーの写真がある。

何の才能もない私だけど、今は小さな縁にでも縋(すが)るしかない——。

李梨はそう思って、久しぶりに美容院の予約をした。

「はじめまして、川嶋(かわしま)です」

渡された名刺には、「川嶋エージェンシー　代表取締役社長　川嶋亜美(あみ)」とあった。確か四十代半ばのはずだが、童顔で若々しく、ふんわりとした柔らかな雰囲気で、李梨と変わらぬ年齢のように見える。薄いピンクのブラウスが、よく似合う。

李梨は、かしこまらない程度に、でも場の雰囲気を壊さないようにと、カジュアルなデザインのブラウンのスーツを着ていた。

ホテルの最上階のレストランの中華料理屋には、竹下アナウンサーと、その所属事務所の川嶋亜美社長が、円卓を囲んでいた。

「もうひとり、李梨ちゃんに紹介したい人がいるんだけど、遅れてて……。あ、いきなり馴(な)れ馴(な)れしく李梨ちゃんなんて言ってしまってごめんなさい。竹下くんが李梨ちゃんていつも話してくれるから、ついつい私まで親しい気分になってて」

「かまいませんよ」

李梨はそう言って、笑った。

もうはじめてしまいましょうかと、亜美が言って、三人で紹興酒を注文し、乾杯する。

「竹下さん、独立おめでとうございます」

「ありがとう、李梨ちゃんも」

私は何も祝われることなどない、もうすぐ四十歳になる無職の女だと思ったが、もちろん李梨は表情には出さない。

「いきなり失礼だけど、李梨ちゃんて、彼氏いるの？」

亜美が聞いてきたので、李梨は苦笑する。

「いません。いえ、タレントなので、いてもいないって言わないといけないかもしれませんが、本当にいないんです」

「なんで、綺麗なのに」

踏み込んだ質問だと思いはしたが、李梨は嫌な気持ちにはならなかった。たぶん、この社長の、人懐っこい雰囲気だろう。

「男の人が、あまり好きじゃないのかもしれません。だからといって、レズビアンてわけでもないんです。なんだかめんどくさくて」

セックスが好きじゃないから。苦手だから——とは思っても、口にはしない。誰かに甘えたり、頼りたいときはある。けれど、男女のつきあいは、セックスが避けられない。

「そうなんだ」

亜美は、それ以上は、深く聞こうとしなかったので、李梨は安心した。

「すんまへん、すんまへん、遅れてすんまへん」

個室の扉が開き、声のするほうを見て、李梨は驚きの声をあげそうになった。

「社長、すんまへんなぁ、高座が長びきまして」

「いえ、わざわざありがとうございます」

カジュアルなジャケット姿で帽子をかぶってはいるが、そこにいるのは、有名な落語家であった。人間国宝の落語家の名を冠した芸能事務所の幹部でもあるはずだ。数々のテレビ番組やCMにも出演して、その顔と名を知らない人は日本にはいないだろう。

「李梨ちゃん、こちら、北光（ほっこう）師匠」

「師匠なんて呼ばんでええって、川嶋社長」

「亜美ちゃんで、いいのに。古いつきあいなんだから」

「初めまして、高田李梨です」

李梨は立ち上がって、頭を下げる。

「ええねんええねん、座りぃや」

テレビと同じ、人なつっこい笑顔を北光が見せる。

「北光師匠はね、所属ではなく、業務提携という形で、うちの会社に協力してくれることになったの。私がタレントやってたとき、最初にレギュラーになった番組の司会者が北光さんでね。もっとも私、売れなくて、芸能界は結婚して辞めちゃって、最近まで子育てで忙しかったの。やっと子どもが手を離れて何か新しいことを始めようって考えたときに、北光さんに相談したのよ」

立ち上げたばかりのはずの京都の芸能事務所に、このような大物が関わっていることに、李梨は驚きを隠せなかった。この川嶋亜美という女は、何者なのだろう。

「文化庁も京都に移ったでしょ。観光都市として世界中に注目もされてる。でも、関西ってテレビやラジオの局が大阪に集中して、京都は一局しかないし、芸能事務所も大阪ばかりで、京都から発信していくためにも、京都にプロダクション作ってもいいんじゃないかって思ったの。北光さんも協力してくれて……心強いわ」

亜美がすすめてくるので、李梨は中華料理に手をつけて、紹興酒も口にする。最近は誰かと飲みに行く機会もなく、節約のため自炊ばかりで飽きていたので、ひどく美味しく感じた。紹興酒も質のいいものなのだろう、心地よい酔いを感じていた。

「李梨ちゃん、ズバリ聞くけれど、仕事あるの？」

デザートが出されたあと、亜美が聞いてきた。

「……正直言います。バイト探している最中です。私、タレントとしての才能ないみたいで、年齢も若くないし……」

恥ずかしくはあったが、酔いが李梨を正直にさせた。

それに、期待もしていたのだ。どうして自分がこの場に呼ばれたのか――亜美がもしも自分に興味を持ってくれるなら、と。

「私も正直に言うね。竹下くんと李梨ちゃんのラジオはずっと聴いていたし、ときどきあなたがリポーターで出てたテレビもチェックした。なんかね、違うように思ったの」

「違うって」

「あなたはいる場所を間違えてるんじゃないかって」

李梨は俯(うつむ)いてしまった。

やはり、自分は芸能界には向いてないと、亜美は言いたいのに違いない。

「誤解しないでね。私が言いたいのはね、あなたは自分自身の本来の魅力や才能に気づいていないんじゃないかということ」

「本来の才能?」

亜美の言葉に、李梨は顔をあげる。

「そう……だから今日、呼んだの。李梨ちゃん、このあとも少し、つきあってくれない?」

それまでの凛(りん)とした女社長の表情を見せていた亜美の目が、あやしい光を宿しているのに李梨は気がついた。

そういうことか……李梨は肩を落とした。

つまり、大御所の落語家を呼んだのは、彼と寝ろということなのだと解釈した。

うんざりだ。芸能界に入ってから、何度かそういうことはあった。

結局自分は、「女である」ことしか、使い道はないのか。

李梨は、身体(からだ)の奥から怒りがこみ上げてきて、立ち上がった。

「お断りします。売れないタレントだからって、思い通りになると思わないでください！　私、セックス嫌いなんです。大嫌い。だから枕営業なんてできないし、AVの仕事も断りました。彼氏とも長続きせず、結婚もできません。その結果、こうして京都に戻ってきて、パッとしないタレントのままですけれど、プライドはあります。人として、もうこれ以上、堕ちたくないんです」

久しぶりにお酒が入っていたのも、勢いをつけた。素面なら、いつものように自分を抑えていただろう。もうこれで、芸能界に残る道は絶たれる――そうは思ったけれど、李梨は亜美をぎっと睨みつけて、はっきりとそう口にした。

けれど亜美は驚くどころか、嬉しそうな表情を浮かべている。

「李梨ちゃん……誤解しないで。そういうことじゃない。それにしても、あなた、やっぱり、笑顔より怒った顔のほうが、素敵」

何を言っているんだと、李梨は席を離れかけたが、北光が口を開く。

「ワシ、もう七十超えてますやろ。もう勃ちまへん。それに、若い頃から、その……あんたと同じで、セックスいうもんは苦手やねん。結婚して子どもができたら、もうお役御免やって、ホッとしましたわ。そやけどな……ワシ、東京の有名なお笑い芸人に連れられて、大阪のある店で……全身が雷を受けたような衝撃を覚えた経験をしたんですわ。ほんで、な」

亜美がちらりと北光を見て、無言で彼の言葉を制した。

「……とりあえず、移動しましょうよ。場所変えて、お話しましょう。李梨ちゃん、あなたに誰かとのセックスを強制するなんてことは絶対しないから安心して。そうじゃない、私はあなたに新たな才能があるか、テストしたいだけ」

よくわからないけれど、自分が想像していたようなことはないのだと、李梨は亜美たちに従ってホテルを出てタクシーに乗り込んだ。

たどり着いたのは、京都御苑の近く、李梨が先日までレギュラーをつとめていたラジオとテレビの放送局だった。ここで、竹下アナウンサーは「僕は明日の朝、早いので、この辺で」と帰ってしまって、拍子抜けした。

亜美が、「竹下くん、結局、ビビりなのよね、小物よ。愛妻家ぶってるけど単に度胸がないだけ」と、笑っていたのも気になった。

局の塀沿いを少し歩くと、今まで気に留めたことはなかったが、三階建てのビルがある。

「うちの会社の事務所は、この三階。でも、今から行ってもらうのは、地下よ」

亜美はオートロックのビルに入ると、エレベーターで地下に降りる。

エレベーターの扉が開くと、二十畳はあるだろうか、そこそこ広い部屋があった。

床はコンクリートだが、奥には絨毯が敷かれている一角があり、カウンターバーもあった。

「完全防音の仕組みで、お金かかったわ。でもそれぐらいの投資が商売には必要だから」

亜美はそう言った。

「李梨ちゃん、改めてお願いしたいのはね」

「はい」

「そこにいる、北光さんを、踏んで欲しいの」

「はぁ？」

李梨は、自分でも間抜けだと思う声を発した。

「簡単な話よ。北光さんは、マゾなの。踏まれたり、言葉でいじめられたり、叩かれたりすると興奮するの。さっき本人も言ってたけど、セックス……挿入は興味なくて、そういうことが好きで好きでたまらないの」

北光は、照れ臭そうにしながら、いつのまにかジャケットを脱いで、絨毯の上に正座をしている。

「私、あなたと同じくタレントとして売れなくて、大阪のＳＭクラブでバイトしてたのよ。風俗は抵抗があったし、水商売も誰かにバレるのが嫌で……でもそこのＳＭクラブは、仮面を装着してもＯＫだった。そうしたら、北光さんがお客さんとして来て、どうしようと困ったの。一緒に仕事していた時、北光さんの周りにはマネージャーやお弟子さんたちがたくさんいて、雲の上の人だった。まともに口をきいたこともなくて、芸能人として格の違いを見せつけられたのを思い出してしまった。売れないタレントやってた腹立たしさがこみあげてきて、もうやけくそで北光さんを踏んづけて、罵倒して叩いたのよ。そしたら、完全にハマっちゃって……。その後、私は制作会社やってる今の旦那と知り合って結婚して、バイトはやめたんだけど、北光さんに頼まれて、月イチぐらいで踏んであげたりしてた。実は、結構、そういう性的嗜好(しこう)の人は芸能界にも多いの。でも、有名になればなるほど、お店とか行くと、バレるリスクがあるでしょ。最近の風俗嬢の中には口が軽いのがいるし、SNSでバラされたりもする。だからね、私、仕事になるんじゃないかって考えたのよ」

気がつけば、絨毯の上にいる落語家は、白いブリーフ一枚になってにこにこしながらこちらを眺めている。

「あなたは背が高くて、スタイルよくて、顔立ちだって、整ってる。きっとセクシーなファッションもハマるはず。でも、嫌なら、そんな恰好もしなくていい。形にこだわらなくていい。私ね、あなたのラジオやテレビを見て、この娘、すごく行儀よい優等生みたいにしてるけど……いろいろ抑え込んでいるような気がした。自分を殺しているというか。だから、その他大勢のタレントにしかなれないんじゃないかって……昔の自分と重なったのよ」

李梨は否定できなかった。確かに自分を殺して生きてきた。誰かに逆らうことも、自己主張することもせず、人に嫌われてはいけない、と。

「とりあえず、一度、踏んでみてくれない？」

亜美に言われ、もうどうにでもなれと、李梨は、パンプスを脱ぎ、絨毯の上にいる落語家に近づく。すると、猫が丸まるように、彼は四つん這いのうつ伏せになった。

子どもの頃からテレビで見ている、有名な落語家だ。

彼を踏みつけるなんて——頭ではそう思ったが、李梨はタイトスカートをたくし上げ、そっと落語家の背に足を載せた。

「早よ踏んでえな。わざわざわし、大阪から出てきたんやで」

うつむいて身体を丸くしたまま、落語家が呟く。

李梨がぐぅっと力を入れると、ストッキングにつつまれた踵が落語家の背中にめり込む。

「李梨ちゃん、これで叩いてあげて」

亜美に手ぬぐいを手渡された。「北光」という文字と、彼の似顔絵が印刷されている。

「北光さんがいつも高座で使ってる手ぬぐい。この人ね、本物のマゾで変態だから、鞭よりも、自分が普段使っている手ぬぐいや扇子で叩かれると興奮するんだって」

李梨は北光の背に足を載せたまま、手ぬぐいの端を握り、振り下ろすと、ぺしっと北光の背中に当たって音を立てる。

「もっと強く！　わしを叩いて！　叱って！　まだそんなんやったら足りひんがな！　もっと！　もっと！」

北光が叫ぶように言った。

そこで李梨の中の何かが壊れた感覚があった。

「私に命令するんじゃねぇよ！」

李梨は自分の口から発せられた言葉に、驚いた。

けれど、ひどく気持ちがよかったのだ。

脚に体重をかけ、北光の背を押しながら、一度開いた口からもれる言葉が、止まらない。

「さっきから要求ばっかりしやがって！　何様のつもりだよ！　結局、てめえら偉い立場だからって、私みたいな売れないタレントが自分の思い通りに動くと思ってんだろ！　ふざけんな！　だから芸能界なんて、クソだ！　枕営業する女！　誰かに媚びることだけしか才能がない女！　そんな連中がのさばって！　そういう女を重宝するお前たち男が一番クソだ！　プロダクションの人間も同じだ！　自分の気に入った女にばかり仕事を与えやがって！　結局、実力よりもコネだって現場、私はたくさん見てきたよ！」

言葉と共に、脚に力が入る。そして手ぬぐいをびしびしと振り下ろす。

「結局、使いやすいのは無難なことしか言わない、上に従う女ばかりなんだろ。てめえらの命令にハイハイって従うような何も考えていない女が。だから私は、そういう女になろうとして、ずっとおとなしく、相槌ばかり打ってきた。そしたら『李梨ちゃんは、おもしろくない』なんて言われて干された！　そうだよ、私はおもしろくない、つまんない女だ！　自分でそんなことわかってる！　演技もできない歌も上手くない、アドリブも利かない……芸能界に向いてないのは、自分で一番、わかってる。でも」

李梨は涙がこぼれそうになるのを、必死で抑えた。

今まで我慢してきた様々な想いが、あふれ出してきた。

「お前らみたいな、芸能界の大御所からしたら、虫みたいな存在かもしれない。だけど私は、この世界で生きたかったんだ！」

もう、何もかも終わりだ。

だからどうなってもいい気がした。

李梨は、脚を北光から離し、下着が見えるぐらいにスカートをたくし上げる。

「汚い尻向けやがって！」

勢いをつけて、踵に力を入れて、北光の尻を後ろから蹴った。

「ぁあーーーっ!!」

甲高い声を発して、北光が前に倒れこむ。

同時に李梨はジャケットを脱ぐ。汗でブラウスが透けて、下着が見えているのがわかるけれど、もうどうでもよかった。いっそ、すべて脱いでしまいたいぐらいだ。

「もっと蹴って――」

北光がそう言ったので、李梨は勢いをつけて、もう一度、北光の尻を蹴る。

気持ちいい――爽快感が、李梨の全身を駆け抜けだ。

子どもの頃からテレビで見てきた、落語界の大御所を蹴り倒し、快感を覚えていた。

「蹴られて気持ちいいなんて、バカじゃないか？　みっともない！　この変態落語家がっ！　売れないタレントにいたぶられて何喜んでるんだ！」

「ぁあっ！　もっと！　もっと！」

北光はうつ伏せになったまま、身体を震わせている。ブリーフがずれて尻の割れ目がむき出しになっていた。

李梨はふと我に返った。

自分は今、何をしたのか。

大御所の落語家を蹴るなんて――。

「ごめんなさい、大丈夫ですか」

李梨が北光の肩を抱いて起こそうとするのを、亜美が手を伸ばして制止した。

「大丈夫よ、李梨ちゃん。見て、北光師匠、悦(よろこ)んでる」

落語家の顔を見ると、目は陶酔したかのように潤(うる)んでおり、唇からはよだれが出ている。狭い額には汗がにじんでいた。

「あんた……ええわ……さっきの蹴り、最高やわ……ワシ、こんなんが……好きやねん」

高く掲げられた落語家のむき出しの尻が、赤くなっていた。

「李梨ちゃん、合格」

「え？」

李梨が立ち上がると、亜美は嬉しそうな笑みを浮かべてじっとこちらを見ている。

「あなた、もう、自分を抑えこまなくていい。とりあえず、合格。早いうちに、今の事務所辞めて、うちに来てね。大丈夫、私がすべてうまくやるから」

亜美はそう言って、「ほら、帰るよ、変態落語家。立ち上がって自分で服を着なさい。汚いケツの穴、とっとと隠して」と、尻をつき出したまますずくまって余韻に浸っている北光に声をかけた。


どうやって家に帰ったかは、覚えていない。

自分はとんでもないことをしてしまったのだと思ったが、「明日、改めて連絡するからね」とタクシー代を渡してくれた亜美は、上機嫌だった。

いったい、さっきのは、なんだったのだろう。芸能界の大先輩を蹴り、踏みつけるなんて、今までの自分では考えられない。

けれど、ひとつ確かなことは、あった。

李梨は自宅に戻り、汗を洗い流そうと、シャワーを浴びた。そのとき、ふと自分の股間にふれると――濡れていた。

ぬめりを帯びた襞が、指に絡みつく。

ためしに指を動かしてみると、どくどくと奥から、溢れ出てきた。

なんで――李梨は驚いた。

恋人とセックスしても、こんなに濡れたことは、今まで無かった。そういう行為も、数年、遠のいていたし、自慰だってしていない。セックスは嫌いだし、しなくても平気だと思っていた。むしろセックスのない生活は、気楽だ。

なのに、今、身体は明らかに性的な興奮を表している。

李梨は浴室から出て、身体をタオルで拭いて、全裸でベッドに横たわった。両脚を開き、指を這わす。

「あっ」

思わず声を漏らしてしまった。

さっき、落語家を蹴った瞬間、脳天を刺すような快感が一瞬走ったのを、思い出したのだ。

人差し指と、中指で、ぐっしょりと湿った裂け目の先端にある小さな粒を挟む。

何、これ、なんで私、興奮してるの？

戸惑ってはいたが、指を動かすのを止められなかった。

落語家を蹴って、罵倒した際の爽快感を思い出すと、快感が身体の奥から全身を支配する。

なんで、なんで、私――。

李梨はひたすら指を動かし、陰核を弄ぶ。

落語家が尻を高く掲げ、李梨が脚で蹴とばす――その場面を思い出した瞬間、李梨は生まれてはじめて絶頂に達し、「ぁあっっ!!」と、声をあげてしまった。


亜美からは、早速、翌日にメールが来ていた。

言われた通り、李梨は今、所属している事務所に契約解除の申し出をすると、あっさりと承諾してくれた。そして十日後には、亜美の事務所で、所属契約の手続きを交わした。

「北光さん、ものすごく喜んでいた。李梨ちゃんさえ嫌じゃなければ、また、ね」

亜美にそう言われても、嫌ですとは言わなかった。嫌どころか、李梨はあの夜から、毎日、思い出して自分の性器にふれる日々が続いていた。

亜美に連れていかれ、李梨は宣材写真を撮られた。今までのように、品のある無難なスーツ姿のものも一応撮ったけれど、ボンデージファッションや、赤い襦袢など、セクシーな衣装を身に着けた。

昔ならば、「自分は結局、肌を晒すことしか需要がないのか」と落ち込んだだろうけれど、亜美に「李梨ちゃん、本当に似合う。カッコいい」と褒められると、何故か嫌ではなく、むしろ誇らしかった。

亜美が最初にもってきた仕事は、衛星放送の番組だった。著名な芸人が司会の番組の中の、五分ほどのコーナーで、「女王様のお悩み相談」というものだった。「李梨女王様」という肩書で、視聴者からの悩みに答えると言ったものだが、初回は司会者の芸人からの悩みだった。

「だいたいな、お笑い芸人と名乗っていながら、笑えない奴らが多すぎるんだよ！ いつから芸人は偉そうに世の中に物申す仕事になったんだよ！ 笑えねぇ！」と思い切って口にして、打ち合わせ通りではあるけれど、その芸人を鞭でしばいたら、スタジオ中が大爆笑だった。

痛快だと、李梨のコーナーはすぐに人気が出た。

「私はな！　売れないタレントで、男に媚び売って生きてきたんだよ！　でもいいことなんかひとつもなかった！　だからこれからは、男を蹴って生きてやるよ！　三十九歳崖っぷち！　怖いものなんてないんだから！」

ＹｏｕＴｕｂｅの人気番組では、着物姿ではんなりと登場したあと、司会のタレントが絡むと、着物をその場で脱いで、ボンデージファッションになり、タレントを踏んだら、大喝采だった。

収録が終わったあと、そのタレントに必死で謝ったら、「北光師匠から聞いてたから、大丈夫。今後、僕も改めて踏んでよ。最高だったよ」と小声で言われた。

確かに亜美の言うとおり、自分は意外に「需要」があるらしい。

芸能の仕事とは別に、週に一度、亜美の事務所があるビルの地下には通っていた。

そこにはときどき、北光の他にも、テレビで顔を見たことがある大学教授や政治家なども訪れ、李梨に「踏んで、いじめてください」と、土下座で頼んでくる。亜美によると、「年とって勃起しなくなってからマゾの快感に目覚める人は多いの」とのことだった。

女王様キャラの仕事とは別に、イベントやパーティの司会なども舞い込むようになった。

生活が潤った上に、男たちを踏んだり蹴ったり罵倒することにより、性的な快感を覚えることができた。

相変わらず、セックスなんてしたいと思わないし、恋人もいないけれど——。

毎晩、家に帰ると、李梨は全裸になり、自分の指でまさぐった。粘液のからみついた指で、小さな粒を挟み、撫でる。

男をなぶりながら、興奮が高まって絶頂に達しもするが、こうしてひとりでも十分快楽を得られる。

セックスしなくても、じゅうぶん気持ちがいい——。

「これも、車折神社にお参りしたおかげなんでしょうか」

李梨は、亜美と一緒に、芸能神社を訪れていた。

自分が行こうとしていた道とは違うけれど、今は毎日忙しくて充実している。

だから御礼参りをしようとすると、亜美も一緒に行くと言って、ふたりで訪れた。

「神頼みしたって、ダメな人はダメ。でも、李梨ちゃんは、そうじゃなかった。それは、あなたには才能があったからよ」

「才能……」

ずっと自分を抑えこんで生きてきた。言いたいことも言えないまま、従順で「いい子」のふりをしていた。けれど、それでいいことなんて、なかった。

時間はかかってしまったけれど、私はこの世界で居場所を見つけたようだ。

「女だからって、受け身にならなくていい。これからは、強い女の時代だし、男の人だって、本当はそれを望んでいるのがわかったでしょ。男が仕切る芸能界なんて、もう、時代おくれよ。今まで男社会で嫌な想いをしたうっぷんを、はらしてね」

亜美は、そう口にして、李梨は「はい」と頷(うなず)く。

「李梨ちゃん、これからも、よろしくね」

亜美が芸能神社に手を合わせる李梨の隣で、勝ち誇ったような笑みを浮かべていた。

酔いの宮

最初に彼女と出会ったのは、小さな黄色い花が咲き乱れる季節だった。

道彦は、その花の名前を知らなかった。花の名前なんて、気にしたこともなかった。

結婚していた頃、妻の沙織が毎日玄関に花を活けて飾っていたけれど、それについて何か言ったこともなかったし、心を揺さぶられたこともなかった。

静岡から京都に移り、四条大宮でアパートを借りて暮らし、半年が経っていた。平川道彦の仕事は、大型スーパーの配送トラックの運転手で、ややこしい京都の道をようやくカーナビを頼りにせずとも覚えて仕事に慣れた頃だった。

それなのに、経営者が変わったとかで、配送も全て外部に委託することになったから、と退職を促された。

これからどうやって生活すればいいのかと上司の田中にぼやいたら、連れてこられたのが黄色い小さな花の咲く神社だった。

松尾大社というその神社の名前は、嵐山に行く道すがら桂川沿いに看板があるので知っていた。「お酒の神様」とあり、自分が近づくことはないだろうと思っていたのだ。

「彼女、毎月一日は、お参りに来てるって言ってたからな、どうせならとここで待ち合わせしたんや」

気のいい田中は、そう口にした。道彦は彼にも、京都に来た理由を、「離婚したから」とだけしか話していない。それでも五十三歳の男のひとり暮らしに何か察するものがあるのか、同情してくれている様子だった。

鮮やかな朱塗りの本殿の前で、薄紫の着物に黄色の帯を締め、髪を結い上げた女が手を合わせているのに気がついた。女は一礼した後、社殿に背を向けてこちらに向かってくる。

帯の色が、社殿を埋め尽くす花と同じ色であることに気づいた。

「わざわざここまで来てくれはって、おおきに」

女が自分たちの前に来て、頭を下げた。目じりに皺もあり、若くはないが肌の白い女だった。地味な顔立ちだが、それが和服に合っている。

「こっちこそ。華絵さん、電話で話した平川や。働きもんやけど、うちんところは会社の事情で辞めてもらわなあかんことになってな。そういえば、華絵さんが、配達の運転手が欲しいって言うてたなぁって思い出したんや」

田中はそう口にした。

「平川、こちらが西院の一ノ瀬酒店の店主の華絵さん。若いのに、働きもんやって評判や」

「若ないって、もう四十三や」

華絵と呼ばれた女は、笑いながらそう口にした。

「華絵さんはな、酒屋やっとるご主人と結婚したんやけど、ご主人が若くして亡くなってしもてな。それからは自分が店を継いで頑張ってんねや。もう亡くなっとるけど、ワシは華絵さんの舅、つまりご主人の父親と飲み友達やったから、今でもときどき酒は買いに行くんや」

酒屋の配達の仕事やったらあるでと田中に言われたとき、道彦は「少し時間をください」と悩みもしたが、今すぐ働かないといけないからと自分に言い聞かせた。せっぱつまっていた。

「どうや、平川は来月からでも仕事したいらしいんや。大宮に住んどるから、西院なら近いやろ。朝早い配達もできる」

田中がそう言うと、華絵は頭を下げた。

「うちも、ぜひ、来月から来て欲しいんです。人手不足で、困ってたんや。助かります」

後に引けなくなった。

その神社に咲き誇っていた黄色い花が、山吹（やまぶき）だと知ったのは、ずっとあとのことだ。

翌月、道彦が一ノ瀬酒店に行くと、華絵は薄化粧でジーンズにエプロン姿で、一瞬、松尾大社で会った和服の優雅な女だとはわからなかった。戸惑いが顔にあらわれたのを察したのか、華絵は「毎月、お酒の神様のところに行くときだけはきちんとした格好するんですよ」と笑いながら口にした。

店には華絵の他に、華絵の遠縁にあたるという六十代半ばの神坂（こうさか）という女がいて、彼女が経理を担当しているということだった。仕入れや販売は華絵がすべてひとりでやっている。神坂は、「私はお酒が全く飲めへんから、味もわからへんし、お酒のこと聞かれても全然わからんのよ」と話してくれた。「平川さんは、飲むほうなん？」と聞いてきたので、「自分も下戸(げこ)です」と答えると、なぜか笑われた。

華絵の舅は息子が亡くなってから体調を崩して入院し、姑(しゅうとめ)はもともと商売が苦手で、だから嫁に来た華絵ひとりの肩にかかっていたのだと聞いた。舅は五年前、姑は三年前に亡くなり、華絵には子どももいないのだとも。

「よそから来た人間なんやし、華絵ちゃんもお店を閉じて、自分の好きなように生きればいいと思うんやけど、酒屋が好きやって、止(や)めへんのよね。短大出てすぐ結婚して、酒屋の若お内儀になって、他の仕事をしたことがないから、何にもできひんって」

神坂は言った。

そんなふうには見えないのに。

想像はしていたが、脱がしてみると色の白さに見惚(みと)れた。

「ほんまに恥ずかしいんや」

自分から誘ってきたくせに、いざ脱がそうとすると華絵はそう言って抵抗した。

道彦が一ノ瀬酒店で働きはじめて半年が過ぎ、やっと夏の暑さが和らぎ秋らしくなってきた頃だ。急遽頼まれた配達で、店に帰ってきたら日付が変わっていた。遅い仕事で申し訳ないと華絵がいたわってくれて、夜食を食べていってくれと引き留められたのだ。翌日は店が休みで、華絵はひとりで飲むつもりだったようだ。

道彦は酒は飲めないと最初に伝えていたので、お茶を口にしながら華絵の手料理を食べた。普段はコンビニか、チェーン店、自宅でパスタを茹でるぐらいだったので、京都では「おばんざい」と呼ばれるおからとひじきの炊き合わせ、魚の南蛮漬け、肝の山椒煮などの料理がうまかった。どれもこれも酒に合うだろうなと考えもした。向かい合っている華絵は日本酒を口にして、肴をつまんでいる。

それまで華絵とはゆっくり話す機会もなく、離婚して静岡から京都に来たというぐらいしか伝えていなかった。ただ、前職を聞かれて、「大学を出てすぐに電子機器の会社に入り、ずっとそこにいた」と漏らすと、なんでトラックの運転手をやってるのだと不思議な顔をされたが、「運転が好きだから」と、ごまかした。

「平川さんが来てくれて、助かってるんです。黙々とちゃんと働いてくれるやろ。女やと、それだけで舐められたり、手助けするつもりでいやらしい目で見たりとか、よぅあるんです。ひとりでも男手がおったら、そういうのも防げてありがたいんや。未亡人は、寂しいから簡単になびくって思われるみたいで……寂しいのは寂しいかもしれんけど、誰でもええわけやないのに」

華絵はそう言って、目を潤ませた。

酒のせいか、頬が紅にそまり、唇も血色がよくなっている。

遅なったから、泊まってええで——華絵がそう口にした時点で、帰りますと言えなかった。本当は、最初に松尾大社で華絵に会ったときから、惹かれていた。酒で白い肌を染めた華絵が艶めかしくて、胸が昂っていた。

離婚してから、いや、離婚する前から、女を抱いてはいない。抱けなかったのだ。抱く自信もなかった。

だから恥をかかせないためにも、理由をつけて拒むべきだったのに、目の前にいる華絵をひとりにしたくなくて、道彦はすすめられるがままに風呂に入った。

湯船の中でペニスを手にすると、少しばかり硬くなっていた。うまくできる自信はないけれど、自分が間違いなく欲情しているのが確認できた。

酒屋の二階の六畳の和室に布団が敷かれていた。この部屋は、亡くなった舅と姑の寝室だったのは聞いている。

用意された華絵の夫のTシャツと短パンを身に着けて、布団に入る。階下で華絵が風呂場に入った気配がした。

華絵が自分を男として意識しているというのも、感づいていた。だからこそ、警戒していたはずなのに、いざとなったら拒めない。

自分も、寂しいのだ。

性欲がありあまっているわけでもない。何年も女を抱かなくて済んだぐらいだ。けれど、それでも、寂しい。肌を合わせたいという欲望は、捨てきれない。風俗に行ってみたこともあるが、物足りなかった。射精をしてすっきりしたいというよりも、心が人肌を欲しがっている。

寂しさが響き合ってしまった。

ギシギシと階段を上がる音が聞こえ、道彦は自分が少し緊張しているのを感じた。けれど、腹をくくったつもりだった。

「平川さん」

華絵が襖を開けて、声をかけてきた。

寝間着なのか、白地に紺の椿柄の浴衣を身に着けている。

「おいで――」

道彦が声をかけると、華絵はするりと布団に入ってきた。

ふわりと、甘い花の香りがして、鼻腔をくすぐった。

そうなるともう止められず、道彦は華絵を抱きしめ、唇を吸う。一度軽く押し付け、二度目はどちらからともなく舌を絡ませた。

腰紐を解き、浴衣を剝ぐ。華絵の生身の身体に手をふれると、肌が吸い付いてくる感触があった。

「柔らかい」

思わず、そう口にした。

「もう、おばちゃんで……男の人とも長くこういうことしてへんから、恥ずかしい」

華絵はそのまま道彦の胸に顔を埋め、道彦は片腕で華絵を抱き寄せた。

「俺も……だから、正直、自信がないんだ。うまくいかなかったら、ごめん」

「ええよ。このままでも——平川さん」

道彦はふと華絵がいじらしくなり、顔をあげさせ、唇を吸う。

そうしているだけで、自分の股間が熱を帯びてくるのが、わかった。

「俺はこのままじゃ、嫌だ——道彦って名前で呼んでくれ」

そう言って道彦は布団を剝ぎ、華絵を仰向けにし、首筋に顔を埋める。

「ぁあっ……道彦さん」

華絵は声をもらす。

道彦は身体をずらし、華絵の乳房を手で包み込むようにしながら、先端に口をつけた。服を着ているときは意識したことはなかったが、思っていたより大きく、柔らかい。

乳首を唇で含んで舌を巻きつけるようにすると、華絵がぴくぴくと細やかな反応を示しているのがわかる。

感じてくれているのだと思うと、嬉しい。

身体を起こすと、薄闇の中でも花絵が首筋と耳を赤く染めているのがわかった。

大丈夫かもしれない――道彦は顔を戻し、今度は臍の周辺に口をつける。臍の下には年齢相応の肉がつき少しぷっくりとしている。その下の陰毛は処理をしていないけれど、全体的に薄かった。

「華絵さんのここ――見たい」

道彦がそう言うと、華絵は「恥ずかしい」と口にしながら、脚の力を緩めたのがわかった。そのまま両脚を開かせ、道彦はもわぁと酸味混じりの熟した果物のような香りが漂う女の秘めた場所を確かめるように眺めた。

本音を言うと、もっと灯りが欲しかった。けれど闇の中でも、左右対称の小ぶりの襞は確認できる。

「や……ほんまに恥ずかしい……」

「どれぐらい、ここは見られてないいんだ」

「夫が死んでから――初めてや」

もしもその言葉を信じるとしたら、未亡人になったのは十年前だと聞いていたから、それぐらいいか。

自分だとて、風俗ではなく、こうして女を抱くのは数年ぶりなのだ。別れた妻とは、二人目の子どもができたときから、していない。もう、女の秘密の場所が、どんな形をしていたのかもすっかり忘れてしまった。

やり方など覚えていないけれど、道彦は舌を伸ばし、華絵の襞に押し付ける。

「いやっ」

華絵が腰を浮かせた。

感じてくれているのだと、道彦は舌を下から上へ、舐めあげた。

ぴちゃぴちゃと、夜に淫らな音だけが響く。今日の夜に限って外も静かだった。

自分のも舐めて欲しい衝動にかられたが、雇い主である華絵に頼むのは躊躇われた。けれど、おそらくもうじゅうぶん硬くなっているはずだ。

道彦は口を離し、人差し指と中指を潤った蜜壺にふれさせる。

ずぶりと、そこは男の指をたやすく呑み込んだ。

これなら大丈夫かと、そのまま指を出し入れすると、音が溢れ指に生暖かい粘液が絡みつく。

「ぁ……いい……」

華絵の声に、気持ちよくなってくれているのだと嬉しくなり、道彦は指を出し入れするスピードをあげた。

「欲しい……」

　華絵がたまらなくなったのか、そう口にする。

　道彦は身体を起こし、口元の粘液を腕で拭った後、華絵にのしかかり、唇をつける。ふたりで舌を絡ませ合い、音を奏でた。

　左手でペニスの硬さを確かめながら、女の粘膜に添える。そこはもうじゅうぶんに潤っているのはわかっていた。

「ゆっくり入れるから、痛かったらちゃんと言って」

　道彦がそう口にすると、華絵は「大丈夫やと思う」と、口にした。

　ずぶりと、先端に柔らかい肉が絡みつく。

　いいぞ、いける——徐々に腰を押し付けるように華絵の中に入っていく。

「ああっ」

　華絵が呻く。

「大丈夫？」

「うん……」

道彦は覆いかぶさったまま、奥に突き進んでいく。すべて呑み込まれた感触があり、ゆっくりと腰を引き、また押してみた。そうして速度を速めていく。

「気持ちいい？」

「うん……いい……」

道彦はつながったまま華絵の唇を吸った。

舌が絡みあい、引き合う。

そうだ、これがセックスだ。お互いが欲して身体を重ねひとつになり、貪（むさぼ）り合う。別れた妻とだって、子どもを作る前は義務のような行為になっていて、正直、お互いつまらなかった。セックスに目的なんかもってしまったら、快楽は失われる。ただ、したい、その気持ちだけでするのが、まぐわいというものだ。

道彦は顔を離し、華絵を眺める。耳と首が真っ赤になっていた。本当に感じてくれているのが、嬉しくてたまらない。

「いつから、俺を意識してた？」

「……最初から、かも。似てたから」

「誰に」

道彦は問いかけたが、華絵は答えない。

けれど、察しはついていた。

神坂に言われたことがあるのだ。

「平川さんて――久志さんにちょっと似てるわ。この店の、前のご主人。華絵さんの旦那さん」

その際は聞き流しただけだった。

けれどやはり似ているのか――道彦は自分でも驚くほど、下腹部が力を失うのを感じた。

華絵が自分を誘ったのは、亡くなった夫の代わりか――そう思うと急に自信のなさや不安がこみあげてきたのだ。

華絵の中で男のものがしぼんでいくのがわかったので、道彦は腰を動かすのを止めて、身体を離す。

「ごめん、どうも、うまくいかない」

それだけ、つぶやいた。

「私こそ……いらんこと言うてしもた」

華絵は申し訳なさそうな表情を浮かべる。

そんな顔をさせてしまったことに、また力が抜けた。

気まずい空気になってしまったまま、ふたりは裸のまま横たわる。

「道彦さん」

「ん？」

「どうして、京都に住んではるの？　田中さんが、平川さんは静岡の大きな会社で働くエリートサラリーマンで、大学もええとこ出てるんやって言ってて、なんでそんな人がうちみたいな小さな酒屋で配達なんて……」

道彦は、毎日スーツを身に着け、ローンで購入した自宅から妻の弁当を持参して出勤していたあの頃の自分は他人のようだ、と思い出しながら口を開く。

「……他人から見たら、順調な人生だったんでしょう。自分でもそう信じていた。でも、ノルマも多く競争もあって、休日も接待のゴルフで家族とも一緒にいられなくて、ストレスが溜まってたんだと思う。もともと好きだったけど、酒が手放せなくなって……妻に病院に連れていかれ、アルコール依存症と診断されたんです」

華絵が表情を苦しそうに歪(ゆが)ませたのがわかった。

「でも、診断されても自分ではコントロールできてる、依存症ではないと言い張っていました。あとで知ったけど、それも症状のひとつなんですよ。妻に暴言を吐いて、傷つけて、依存症回復の施設に入って治しましょうと懇願する妻が自分の敵のように思え……そうして、彼女は子どもを連れて出ていき、離婚しました。その頃になると、会社も遅刻と無断欠勤を繰り返して退職をすすめられ……そこでやっと真剣に依存症だと認めることができて、医者に通いはじめたんです。けれど、断酒までは時間がかかりましたし、何よりつらかった。環境を変えようと思って、昔、祖母が住んでいた京都に来たんです」

道彦は大きく息を吐く。

まだ家族との別れの記憶は生々しく、胸が苦しくなる。

「でも、まさか酒屋で働くとは、想定外でした。またお酒を飲んでしまったらどうしようという恐怖が消えなくて……今のところは大丈夫ですけど」

この国で普通に生活をしていたら、いたるところで酒が目に入る。コンビニでは安い酒が売られており、テレビを見ても酒のＣＭだらけで、人と知り合うと飲みに行こうと誘われる。静岡から京都に引っ越す際に、サラリーマンを選択しなかったのは、酒のつきあいがついてまわるような仕事を避けるためだ。

ふと、少しならいいじゃないかと気が緩み、酒に手を出しそうになったことは何度もあるが、自分が失ったものの大きさを思い出して、止めている。

実家に帰った妻は、子どもとは会わせてくれない。道彦自身も、こんな恥ずかしい父親でという申し訳なさがあり、強く出られなかった。結婚と同時に購入したマンションは、貯金と退職金で残りのローンを支払い、売却した金は全て養育費として妻に渡し、一文無しになった。サラリーマンに戻る気にはなれず、そうなると職も限られ、トラックの運転手になった。基本的にひとりで動ける仕事なので、気が楽だった。運転をする仕事ならば、酒から離れられるというのもあった。

「正直言って、女の人とこういうことするのも、数年ぶりで、ちゃんとできる自信はなかったんです。アルコールでぐちゃぐちゃになってるときって、全く勃たなかったんですよ。そのあと、治療してる最中も、いろんな薬を飲んでることもあって、ダメだったし。もう、自分は二度と女の人とそういう関係になることはない、なっちゃいけないと思ってもいたけど……やっぱりダメみたいだ。最後までできなくてごめんなさい。でも、あなたのせいじゃないって言いたくて、過去の話までしてしまった」

「道彦さん――謝らんといて。誘ったのは、私や」

華絵は横たわりながら顔を伏せている。

もしも自分に元気があれば、抱き寄せてあげられるのに――。

道彦は身体を起こした。

「遅いけど、やっぱり家に帰ります」

そう言って、服を身に着ける。

華絵は止めようとはせず、ただ「気をつけて」とだけ口にした。


一日休んで、その翌日、気まずい想いを抱えながら道彦は酒屋に行った。

「おはようございます！　さっそくやけど、今から配達お願い」

華絵はエプロンをかけ、元気な姿で声をかけてくる。

これは何もなかったことにしようというつもりなのか。

華絵の気遣いはわかったし、道彦だとて仕事を失いたくないから、今までのように振る舞うしかなかった。

そうやって、毎日をやり過ごしていた。

夜になるたび、ふと華絵の柔らかな肌や、ひそやかな声を思い出してしまう。けれど、もう二度と、華絵と関係をもつことはないだろう。同じ失敗を繰り返したくはない。

何よりも、自分が華絵に惚れているのを自覚したからこそ、ここから先に進んではいけないのだ。

酒で、妻も子どもも苦しめ、仕事を失い、二度と飲まないと誓った。

酒屋で働くことになったときは、戸惑ったけれど、今のところは自制できている。けれど、もし華絵との関係がこれ以上、進んだら――。

先のことはわからないけれど、今は、この仕事をやるだけだ。そうだ、仕事だ。食うための、仕事。そして華絵は雇い主だ。

毎日、そう言い聞かせ、道彦は仕事に励んだ。

「そろそろ忙しぃなるで」

配達から戻り、休憩をとっている道彦に、神坂がそう言った。

「何かあるんですか?」

「だって、もう年末やろ。みんながお酒を飲むときや」

そういえば、十二月だと、道彦はカレンダーを眺めた。ひとりものでイベントがないと、どうも季節に疎くなる。会社勤めをしていた頃は、忘年会やらで賑やかになる時期だったのに。

「大変やけど、そのぶん、華絵ちゃんがボーナス代わりに金一封包んでくれるで、いつもそうや」

神坂はパソコンに向かいながら、話し続ける。

「平川さんは、年末年始はどうするん」

「ここのお店はお休みなんですか」

「三十一日までは営業して、五日まで休むんよ。もっとも私は七日まで休ませてもらうけどな。平川さんは、ひとり暮らしやろ。なんか予定あんの?」

「いや……ないです」

「ほんなら、松尾大社のお詣りにつきあってもらえへんか。私やのうて、華絵ちゃんの。初詣はお酒の神様にって、決めてるんやて。八坂神社や伏見稲荷ほども混めへんし。年が変わる瞬間、いつも華絵さんは松尾大社や」

道彦は返答に困った。華絵とふたりきりになるのは、気まずい。

「華絵ちゃん、旦那さんが亡くなってからは、いつもひとりでお詣りして過ごしてるんやけど……ほんまは寂しいんちゃうんかなぁって思ってるんや。私は家族で過ごすから、つきあってあげられへんし……私の代わりに、行ってあげてや、お願い」

神坂は、自分と華絵の気持ちを、感づいているのかもしれないと道彦はふと思った。もちろん、あの気まずい夜のことは知るはずもないが。

神坂の頼みを、拒む理由が、見つからない。

「華絵さんのほうが、嫌じゃなければ」

道彦は、そう答えるしかなかった。

「嫌なわけあらへんやろ。ほな、決まりや」

こちらに背を向けてはいるが、神坂が笑っているような気がした。

京都で年末を過ごすのは、もちろん初めてだった。

何かあてがあるわけでもなく、ひとりで過ごすつもりだった。酒は飲まないと決めているので、年越し蕎麦を食べてそのまま眠るだけだと。神坂に華絵と過ごしてくれと頼まれて、断る言葉も見つからず、結局頷いてしまったが、華絵とそのことについて話はしないままだった。

年末は、予想していたとおりに忙しく、道彦も華絵も仕事に追われてゆっくり話す機会もなかった。

大晦日、神坂は、家族のもとに帰るからと、午前中で退勤し、「ほな、華絵ちゃんのこと頼むで」と、道彦に耳打ちした。

午後三時に最後の配達から戻ってくると、華絵が「お疲れ様」と声をかけてきて、「賞与の代わりや」と、金一封を渡してきたので、ありがたく受け取る。

「……神坂さんから、平川さんも松尾大社のお詣りに行きたいって言ってるって聞いてるんやけど」

華絵が遠慮しがちに、そう口にした。

こちらからしたら神坂から頼まれたのだが、いつのまにか自分のほうが華絵と一緒に松尾大社に初詣に行きたがっている話になっている——戸惑いはしたが、否定するのは華絵を拒んでいるようで、できない。

「はい、華絵さんさえ、よければ」

「ええに決まってるやん。いつも大晦日はひとりで蕎麦食べて、松尾さんへお詣りして、ちょっと飲んで寝る寂しい年末年始やったけど……平川さんには、今年、ほんまに助けてもらったから、よかったらごちそうさせて」

華絵にそう言われたので、「ありがとうございます」と、道彦は頷いた。

疲れてるやろうし、少し寝たらと言われ、道彦は二階にあがり、一度だけ華絵と枕をともにした部屋で、横たわる。やはり忙しかったせいか、すぐに寝入ってしまった。目が覚めると、外は真っ暗になっていた。時計を見ると夜の十時を過ぎていたので慌てて起き上がる。

階段を降りると、華絵が「よぅ寝てたで」と笑顔で声をかけてきた。

「すいません」

「謝ることあらへん、お蕎麦食べましょう」

華絵はそう言って、台所に立った。

十分もせず、ポテトサラダ、白菜のからし和え、野菜の天ぷらと鯖のきずしが並べられ、ざるそばが目の前におかれる。

空腹だったので、道彦は遠慮なく箸を伸ばした。

華絵も目の前で、蕎麦をすする。酒の肴のようなものが並べられているが、華絵が飲まないのは自分に遠慮しているからだろうか。

食べ終わると、十一時前だった。支度をしてくるからと華絵は姿を消し、道彦がテレビを見ていると、「お待たせやで」と、紺色の着物に臙脂（えんじ）の帯を締め、羽織を身に着けた華絵が現れた。

最初に会ったとき以来の、和服姿だ。

ふたりは家を出て、タクシーに乗り込み松尾大社に向かった。少し離れたところで降りて社殿に向かって歩きはじめる。いつもは真っ暗な付近の参道も、ちらほら人の姿がある。

「八坂さんや伏見稲荷、平安神宮（へいあんじんぐう）のあたりは、すごい人やで。ここは穴場や」

華絵はそう口にした。どこからか除夜の鐘が聞こえ、ふたりは足を止める。

「――亡くなった夫は、もともと下戸やったんです。でも、酒屋を継ぐからって無理に飲むようになって……飲めるようになったら、人とのつきあいも増えて、女遊びもするようになってしもた。もともとは気が小さい優しい人やったから、酒がないと人と喋（しゃべ）られへんようになって、気がつけば、アルコール依存症や。でも、酒屋の倅（せがれ）がアル中なんてかっこつかんから、私も義父母も見て見ぬふりをしとったんです。それがあかんかった」

　華絵は、まるでひとりごとのように話し続ける。

「夫は酔っぱらって道路に寝てて車に轢（ひ）かれて死にました。悪いのは、百パーセント夫や。遺体は無残なもんやって、義母は気を失いました。私はそれまで、夫の手伝いぐらいしかしてへんかったけど、義父母をほっとかれへんから、酒屋に残ったんです。お酒が夫を殺したのに、そのお酒を売らなあかん。自分が酒を売ることにより、苦しむ人がおるかもっていうのは、ずっと考えてます。酒は人を不幸にする。そやけど……」

　除夜の鐘が響く中、華絵は道彦のほうを向いた。

「人を幸せにすることもあるって、信じたいんです。そうしぃひんと、夫も――うん、私が浮かばれへんから」

　華絵に手を引かれ、ふたりは本殿へ向かった。時計を見ると、年を越していた。

賽銭をあげ、手を合わせお詣りをする。

道彦は何を願っていいのかわからなかった。離れてしまった家族のことなのか、自分のことなのか、それとも――。

ふたりほぼ同時に顔をあげ、「帰りましょうか」と華絵に声をかけられ、松尾大社をあとにする。

楽しげな家族づれやカップルたちが、ちらほらとお詣りに向かっている。

華絵が今まで、ひとりで訪れていたのかと思うと、少し胸が痛んだ。

この女は、夫を亡くした痛みを抱え、生きてきたのだ。

夫を殺した酒とともに。

タクシーで店に戻ったが、「家に帰ります」と、道彦は口にすることができなかった。

自分はやはり惹かれているのだ、華絵に。

どちらからともなく二階の寝室にあがる。

「寂しいから――」

華絵が何か言いかける前に、道彦は華絵を抱きしめ、唇を吸った。一度顔を離すと、今度は華絵のほうから口を合わせてくる。

「私も、夫を亡くしてから、寂しさを酒で紛らわせていたんです。そやけど、酒では埋まらへん寂しさもある。でも、誤解せんといてください。平川さんを誘ってしまったのは、誰でもいいわけやない」

「わかってる」

道彦は華絵の腰を纏う帯を解いた。しゅるしゅると着物も足もとに落ち、次は腰紐を抜き、華絵の身体を覆っていた襦袢を剝ぐ。

「恥ずかしい……」

華絵の首筋は紅に染まっていた。

「華絵さん、さっき酒を飲まなかったのは、俺への気遣い？」

「……ううん。酔ってしまったら、歯止めが利かなくなる気がして」

道彦はズボンを下ろし、シャツを脱ぎ、華絵と同じく裸になり、立ったまま華絵の腰を引き寄せる。

ふたりの唇が重なり、どちらからともなく舌を絡ませ合う。

「……舐めて、ええ？」

道彦の返事を待たず、華絵は腰を落とし、道彦の股間に顔を近づけ、舌を伸ばす。

「この前……私の、舐めてもらったから。お返しがしたかってん」

そう言って、左手を竿の根元に添え、道彦のペニスを口に含んだ。

すでに道彦のその部分は、驚くほどに硬くなっている。華絵はじゅぽじゅぽと唾液を溢れさせながら、唇を上下させた。

「うぅ……気持ちがいい」

膝が震えて力が抜けていくのがわかった。華絵にいきなりこんなことをさせてしまい、申し訳ない気持ちはあったけれど、すっかり呑み込まれてしまっている。

「俺も……お互い、しよう」

道彦がそう言うと、華絵は口を離した。

道彦が仰向けになり、布団の上に寝転がる。華絵は恥ずかしそうなそぶりを見せながらも、道彦の顔の上にまたがり、そのままペニスを再び口にした。

道彦が眠っていたときに、風呂に入っていたのか、華絵のその部分からは、石鹼と酸味のある女の香りが混ざった匂いが漂っている。

左右対称の小ぶりな襞を舌で掻き分け、裂け目から溢れる白い液体をすする。

「いやっ」

華絵が堪えきれぬのか、ペニスから口を離し、声を発した。

「いやぁ……」

道彦はそのまま、舌を上下に動かし、先端の小さな粒を唇に含んだ。

「それ、あかん——」

華絵が腰を浮かそうとするが、道彦は許さない。

深夜なのに、元旦であるせいなのか、外では車が通る音や、人の話し声もする。

新年早々、若くない男女が、お互いの性器を舐め合っているのだ——そう思うと恥ずかしくもあるが、興奮もする。

華絵は再び道彦のものを咥えようとするが、道彦がクリトリスを唇で含んだまま舌で刺激しはじめると、もう声をあげる以外のことができなくなってしまっていた。

「欲しい——」

華絵は下半身を道彦に囚われたまま、手でペニスを握る。

「俺も、我慢できない」

道彦はそう口にして、身体を離し、華絵を横たわらせる。

「でも、華絵さん。またダメだったら、ごめん。自信がないんだ」

「ううん、それでもかまえへんから」

華絵が開いた両脚の狭間に、道彦はペニスを手にしてかまえる。

先端が、華絵の濡れそぼった密壺にふれた。

「挿れるよ、華絵さん」

「きて――」

ずぶりと、ペニスが差し込まれ、粘膜が開かれる感触があった。

「あぁ……気持ちがいい」

道彦は折り重なるように身体を華絵の上に重ねる。

華絵は両手を伸ばし、道彦の背中を抱き寄せるように力を入れた。自然に、ふたりの唇が重なる。

道彦のペニスを華絵の粘膜が呑み込んでいく。

ふと自分の頬が濡れ、道彦は華絵の涙に気がついた。

「なんで泣いてるの」

「わからへん。でも、たぶん、嬉しいから」

「俺も、嬉しい。本当は最初に松尾大社で会ったときから、華絵さんに惹かれてた」

「私も、そうや」

それでもふたりの間には、「酒」という大きな壁が横たわっていた。酒で不幸になることを知っている者同士だから、その壁は越えられそうになかった。神坂が背中を押して、こうして機会を作ってくれなければ、結ばれることもなかっただろう。

「好きだよ、華絵さん」

「私も——」

華絵の粘膜に引き込まれるように、道彦の肉の棒がぬるい液体にまみれ、ぐっちゃぐっちゃと音が漏れる。

重なり合い、唇を合わせ舌を絡ませながら、道彦は腰を動かしはじめた。

華絵が、愛おしい。自分のペニスが潤っているのがわかる。身体は正直だ、華絵は本当に感じてくれているのだ。

「道彦さん——どこにも行かんといて」

華絵はそう口にして、道彦の背にまわした腕に力をこめる。

「行かないよ、そばにいる。だから安心して」

「嬉しい」

華絵はやはり、泣いていた。

どれだけ今まで、寂しい想いをしてきたのだろうか。

自分の妻だとて、同じなのだ。自分は酒に溺れ、家族のことなんか全く見えていなかった。去られても当然だったけれど、子どもに会えなくなり妻を恨みもした。でも、妻はずいぶんと寂しい想いをして、耐えていたのだ。

華絵を抱いて、やっと、それがわかった。

「華絵さん……俺……久しぶりだから……もう、出そうだ、我慢できない」

道彦がそう漏らすと、華絵は腕の力を緩める。

「中に出してええから」

耳元で、華絵がそう口にした。

その言葉の意味を考える余裕もなく、道彦は腰を強く華絵に打ちつけるように動かす。

華絵の声が部屋中に響き渡る。外にも聞こえてしまうかもしれないけれど、かまわない。

「道彦さん——好き——」

「華絵さん……出るっ」

道彦は華絵の声に負けぬほどの咆哮を発し、熱い粘液を華絵の中に放出した。

そのままかぶさるように、華絵の上に、倒れこむ。

「道彦さん、嬉しい」

華絵が手を伸ばし、まるで母が子を慈しむように道彦の頭を撫でる。

射精はしたが、まだまだ華絵が愛おしい。

大きく道彦は息を吸い込み、呼吸を整える。

甘い、女の香りがした。脳がくらくらする、匂いだ。

華絵の香りに、自分は酔っているのだ。

酒よりも、酩酊できるかもしれないと、道彦は考えていた。

「あけましておめでとうございますって、言い忘れてたわ」

道彦が息を整え華絵の身体を抱き寄せると、華絵はそう口にした。

「本当だ。新しい年を迎えたのに、それどころじゃなかった」

「今年もよろしく、で、ええの？」

道彦をうかがうように見上げる華絵の頬には、涙の痕が残っていた。

酒屋で働き、酒に囲まれるのは、怖くもある。いつ、自分がまた、酒に手を出し、溺れてしまうかもしれないという恐怖は、未(いま)だに消えない。

けれど、酒により大きなものを失った痛みを知っているこの女とならば、傷口がときどき痛みはしても、慰め合い、生きていける気がしていた。

「これからも、ずっと、よろしく」

道彦がそう言うと、華絵はまた目を潤ませた。

寂しいふたりを、酒の神様が会わせてくれたのだ——初めて出会ったときに見た、松尾大社の鮮やかな山吹の花の色を思い出しながら、道彦は華絵の唇を自分の唇で塞いだ。

解説

木村寿伸（きむらひさのぶ）
（フリーアナウンサー）

花房観音さんとの出会いは数年前、私がまだ京都の放送局でアナウンサーをしていた時代に、番組のロケでご一緒したのが始まりだ。

「京都の魔界を案内する」という内容で、神社仏閣に始まり、普段何気なく通っている道に至るまで、花房さんに様々な逸話を教えていただきながらリポートした。

花房さんから聞く話には生々しさがあった。学生時代に歴史の授業でさらりと覚えたのとは異なり、紫式部や清少納言といった歴史上の人物でさえも、それにまつわる愛憎劇を知ると「今の時代の男女と根本的には変わらんのかな」という風に、身近に人間らしく感じられた。

今回は京都を舞台に「ご利益（りやく）」をテーマにした短編集ということでお声かけいただいたが、お話の舞台はどれも一度は足を運んでいる場所だった。それゆえ読んだ瞬間、情景が容易に、そしてリアルに浮かんで生々しさが増した。

美人祈願で知られる下鴨神社の摂社・河合神社、芸事上達を求めて多くの著名人が訪れる車折神社など様々な舞台が登場するが、古来より日本人の暮らしと共に存在してきた場所が物語に深みを与えていると思うし、この小説を隅々まで楽しむという面では京都人でよかったと思っている。

さて、ここからは六つの短編について少しずつ触れたい。

表題作の「美人祈願」は、魔性の女の魅力と怖さを感じさせる作品だ。圧倒的な美の前に人は（特に男は）理性を失う。香坂が麻也との交わりの中で違和感に気付きながらも引き返せない様子に、「絶対やばいって、大概このパターンは何かあるで」とツッコミながら拝読。

ラストも後を引く感じで、「あの時の麻也の言動ってなんかおかしかったよな」と答え合わせをするかのように最初から読み返す自分がいた。私もきっとミステリアスな美魔女、麻也にハマっている。

第二話の「女の神様」を読み、五条楽園があった辺りを花房さんに案内されたことを思い出した。作品の中にも登場する通り、鮮やかなタイルやステンドグラスで装飾された建物があちこちに残されており、それらがかつて花街だった名残をとどめている。ちょっと異世界にやってきたような不思議な魅力がある街だなと感じた。そんな場所で繰り広げられる女と女の秘め事。今も昔も変わらぬエゴとエゴの絡み合い。男女の別なく、これが人間の普遍的な性(さが)なのかと思ってしまう。

第三話「たまのこし」は息子が父の後妻と関係を持つというこれまた背徳感に満ちた作品で、ドロドロの昼ドラを見る感覚で読み進めた。父の後妻が相手という後ろめたさだけでなく、父との確執があった分、より関係は複雑だ。「なんてことをしているのだと思うが、どこか父に復讐しているような小気味よさもあった」の一文がリアリティーを帯びていた。珠世の本性もどこか謎めいているし、結局のところ誰が得したのかと考えると「たまのこし」というタイトルもまた秀逸だと思った。

第四話「女のあし」の倉本は妻子持ちでありながら、好みの脚を持つ葵に惹(ひ)かれ、快楽の沼に溺れていく。家庭を壊してまでという気はさらさらなく、都合良く葵と関係を持つ。ずるい男だなと思っていたが、後半からラストにかけては葵に主導権が移る。葵の性の成長度、女になっていく様は圧巻。

カラッカラのスポンジが水を一気に吸い込むように、処女から手練れに駆け上がっていく様は爽快感すら覚えた一方、男目線で見ると少し恐怖を感じた。

舞台が護王神社と京都御苑という点も見逃せない。護王神社は毎年年越し特番のリポート役を終えた後、必ず初詣に行っていた馴染みの神社だ。

足腰の神様として知られる護王神社にもう一つの謂れがあったとは恥ずかしながら知らなかったが、これが物語に奥行きを与えていた。一方の京都御苑も通勤などでよく通っていた。神聖な場所だというイメージがあるだけに、「いい大人がこんなところでこんなやらしいことを……」と、ラストシーンの背徳感は凄まじかった。

第五話の「芸能神社」に至っては、私の古巣である放送業界が舞台だったので、あまり客観的に読めなかったが、異色なテイストでこれまた面白かった。「三階建ての地下」で一体何が起こるのか……。主人公李梨の覚醒っぷり、大物芸能人の北光のやられっぷりに思わず声を出して笑ってしまった。

快楽というものは奥が深い。この話だけ、変化球的でアクセントになっているが、一方で〝本当の自分とは何か〟など考えさせられる内容にもなっている。最終話の「酔いの宮」。西院も大宮も私の勝手なイメージでは酒が似合う。というより、地名を聞くだけで酒の記憶が蘇る。特に以前住んでいたこともある四条大宮は路地奥の寛遊園、雑居ビル内に酒場が集う新宿会館など京都有数のディープ酒場街だ。楽しく酒を飲むには事欠かない。

　馴染みの酒場も数軒あるが、そんな中で酒の失敗もたくさんしてきた。だから登場人物たちにも共感できた。

　道彦と華絵は失敗という言葉では表現しきれぬほど、酒でのトラウマを抱えた二人。しかし、皮肉にも、いや救いというべきか、酒の神様が引き合わせてくれた二人でもある。似た傷を抱えている彼らなら、支え合って乗り越えられるかもしれない。

「寂しさが響き合ってしまった」の一文はとても印象的で、私の心とも共鳴した。今後の二人を応援したい気持ちにもなった。

「愛だ恋だとぬかしたって　所詮は僕等アニマルなんです」。全てを読み終えた後、ふと、私の敬愛するMr.Childrenの歌詞の一節が頭に浮かんだ。

　その昔、競走馬を生産する牧場で、種付けの現場を見学したことがある。まず牝馬が自身の仔馬とともに連れてこられ、所定の場所にスタンバイ。ほどなく、興奮を抑えられぬほど発情した牡馬が登場。

鬣を振り乱し、後脚だけで立ち上がりかねないほど大興奮した馬だ。すっかり五本脚になってしまった牡馬は牝馬の背後に近づくと一瞬で事を済ませ、スッキリした様子でその場を去っていった。まさに刹那の出来事。「動物はこんなにあっさりしているのか」と思ったものだ。その行為を見せられた仔馬の気持ちも気になるところだが、それはさておき、今回の登場人物たちには背景や思惑が色々あるが、一度、事が始まれば一心不乱に快楽へと突っ走る。セックスをしている間だけは嘘偽りなくその瞬間を楽しみ、自分を曝け出している。乱れる様はまさに獣のようではあるが、一方で種を残すためではなく、楽しむために身体を合わせるという点は人間ならではという気もする。

こうした性愛表現が人間の本性、本質を炙り出し、読んでいる自分も何か心を裸にさせられているような感覚を覚えた。

振り返れば花房さんには色々と扉を開けてもらっている。ストリップ劇場の初観劇も花房さんに連れられてのものだ。最初は目のやり場に困ったが、だんだん慣れてきたのか、それぞれのショーの中身に興味が出てきた。三、四人の演者さんがそれぞれ、シャンソン風、物語風、アイドル風など個性豊かなショーを展開、どこかノスタルジックで、少しの間、非現実の世界に浸れる。「これもれっきとした文化だ。無くしてはいけないものだ」そんな風に思えた。ちなみに先日は芦原温泉のストリップも観劇した。今度は〝経験者〟として友人を連れて……。

花房さんはペンで、私は喋りでという違いはあれど、共に言葉を紡ぐ表現者。私の場合は端くれであるが、此度の作品に触れてとても刺激を受けた。時に卑猥で悲哀すら帯びた性表現の四十八手とも言うべき引き出しの多さに圧倒された。

今回の六編の舞台は私の普段の行動範囲の中にあるが、今後ふと訪れた場所で、何か訳ありの二人を探してしまうなんてことにならないだろうか。そうなれば私にとってはちょっとした性地、いや聖地巡礼だ。

花房さんから京都案内や小説を通して大人の性教育を受けている気がしてきたが、本当に教材としても素晴らしい。文学的にもだが、しっかり興奮もした。比較する対象ではないのは重々承知だが、見たい動画がすぐ見られる時代において、文章力でここまで刺激を受けるとは……。巧みな性描写と読み手のこれまでの経験が脳の中で融合し、各々独自の場面が生成される。もはやＶＲ顔負けの没入感だ。想像力の可能性を感じた。

恐る恐る立ち入った官能の世界。自分の中で新たな扉が開かれた。

観音開きの扉の向こう側でめくるめく性愛の世界が手招きしている。

人間を根こそぎ楽しむならこういう世界も知っておいた方がいい、そんな気がしてきた。イメージで敬遠している人がいるとしたら言ってあげたい。「読めば分かるさ」と。

初出
美人祈願　「特選小説」二〇二二年十月号
女の神様　書き下ろし
たまのこし　「特選小説」二〇二三年三月号
女のあし　「特選小説」二〇二二年六月号
芸能神社　「webジェイ・ノベル」二〇二三年五月二十三日配信
酔いの宮　「特選小説」二〇二二年二月号

本作品はフィクションです。
実在する団体、個人とは一切関係ありません。（編集部）

JASRAC　出　2303245-301

実業之日本社文庫　最新刊

赤川次郎
霧にたたずむ花嫁
濃霧の中、家路を辿っていた朋代。不穏な気配を感じて逃げようとするが、追い詰められてしまう。偶然にも居合わせた男性に助けられるが、その男性は――。
あ125

梓林太郎
男鹿半島 北緯40度の殺人 私立探偵・小仏太郎
雪夜に消えたある男の行方を追って私立探偵・小仏太郎は秋田へ。男が抱える秘密と秋田、男鹿、角館で起きた連続殺人には関係が!? 大人気旅情ミステリー。
あ317

彩坂美月
向日葵を手折る
消えた向日葵、連続する不穏な事件――多感な少女の成長と事件の行方を繊細に描き出した、日本推理作家協会賞候補作が待望の文庫化！ 解説／池上冬樹
あ291

エフ
なぜ銅の剣までしか売らないんですか?
総再生数二億五千万回超ユーチューバーが書いた問題作。ゲーム世界風に社会の理不尽を斬る！ 第1回令和小説大賞「選考委員特別賞」受賞作、待望の文庫化。
え21

倉阪鬼一郎
お江戸晴れ 新・人情料理わん屋
江戸の町で辻斬りが起きた。手掛かりなく難儀している御用組に助太刀したいと剣士が現れた。その気配に疑念を抱いた千之助が、正体を探ってみると――。
く413

実業之日本社文庫　最新刊

葉月奏太
空とバイクと憧れの女
仕事に明け暮れ、独身のまま40代を迎えた健司。大学時代に窮地を救ってくれた真里に会いたくて、北海道ツーリングへ。ロードトリップ官能の超傑作！

は615

花房観音
美人祈願
縁結び、健康祈願、玉の輿祈願……現代の京都で、胸に秘めた願いを神社に託す男女のドラマをしっとりとした筆致で描く官能短編集。　解説／木村寿伸
は28

畠中 恵
アコギなのかリッパなのか　佐倉聖の事件簿
元大物代議士事務所の事務員・佐倉聖が難問奇問を鮮やかに解決する姿を軽快に描くユーモアミステリー。デビュー直後に発表した単行本未収録短編を特別掲載。

は131

睦月影郎
女流みだら漫画家、昭和50年
美大中退の青年が、有名な女流漫画家のアシスタントを頼まれた。仕事場には、魅力的な女性ばかりが揃い、濃厚なフェロモンの中で働くことになるが……。

む218

実業之日本社文庫　好評既刊

花房観音
寂花の雫（じゃっかのしずく）
京都・大原の里で亡き夫を想い続ける宿の女将と謎の男の恋模様を抒情豊かに描く、話題の団鬼六賞作家の初文庫書き下ろし性愛小説！（解説・桜木紫乃）
は21

花房観音
萌えいづる
『女の庭』をはじめ、話題作を発表し続けている団鬼六賞作家が、平家物語をモチーフに、京都に生きる女たちの性愛をしっとりと描く、傑作官能小説！
は22

花房観音
半乳捕物帖
茶屋の看板娘のお七は、夜になると襟元から豊かな胸をのぞかせ十手を握る。色坊主を追って、江戸城大奥に潜入するが——やみつきになる艶笑時代小説！
は23

花房観音
紫の女（ひと）
「源氏物語」をモチーフに描く、禁断の三角関係。若い部下に妻を寝取られた夫の驚愕の提案とは（「若菜」）。粒ぞろいの七編を収録。（解説・大塚ひかり）
は24

花房観音
好色入道
京都の「闇」を探ろうと、元女子アナウンサーが怪僧・秀建に接近するが、秘密の館で身も心も裸にされてしまい——。痛快エンタメ長編！（解説・中村淳彦）
は25

実業之日本社文庫　好評既刊

花房観音
秘めゆり
「夫と私、どちらが気持ちいい？」――男と女、女と女が秘める恋。万葉集から岡本かの子まで、和歌を題材にとった極上の性愛短編集。（解説・及川眠子）
は２６

花房観音
ごりょうの森
平将門、菅原道真など、古くから語り継がれてきた日本の「怨霊」をモチーフに、現代に生きる男女の情愛の行方を艶やかに描く官能短編集。（解説・東 雅夫）
は２７

桜木紫乃
星々たち
昭和から平成へ移りゆく時代、北の大地をさすらう女の数奇な性と生を研ぎ澄まされた筆致で炙り出す。桜木ワールドの魅力を凝縮した傑作！（解説・松田哲夫）
さ５１

千早 茜
桜の首飾り
あの人と一緒に桜が見たい――気鋭作家が贈る、桜の季節に人と人の心が繋がる一瞬を鮮やかに切り取った、感動の短編集。（解説・藤田宜永）
ち２１

新津きよみ
夫以外
亡夫の甥に心ときめく未亡人。趣味の男友達が原因で離婚されたシングルマザー。大人世代の女が過ごす日常に、あざやかな逆転が生じるミステリー全６編。

に５１

実業之日本社文庫　好評既刊

原田マハ
星がひとつほしいとの祈り
時代がどんな暗雲におおわれようとも、あなたという星は輝きつづける——注目の著者が静かな筆致で女性たちの人生を描く、感動の7話。（解説・藤田香織）
は41

原田マハ
総理の夫　First Gentleman　新版
42歳で史上初の女性・最年少総理大臣に就任した妻と、鳥類学者の夫の奮闘の日々を描いた、感動の政界エンタメが装いも新たに登場！（解説・国谷裕子）
は43

原田ひ香
三人屋
朝・昼・晩で業態がガラリと変わる飲食店、通称「三人屋」。経営者のワケあり三姉妹と常連たちが織りなす、味わい深い人情ドラマ！（解説・北大路公子）
は91

原田ひ香
サンドの女　三人屋
心も体もくたくたな日は新名物「玉子サンド」を召し上がれ——サンドイッチ店とスナックで、新・三人屋、今日も大繁盛。待望の続編、いきなり文庫で登場！
は92

東野圭吾
白銀ジャック
ゲレンデの下に爆弾が埋まっている——圧倒的な疾走感で読者を翻弄する、痛快サスペンス！　発売直後に100万部突破の、いきなり文庫化作品。
ひ11

実業之日本社文庫　好評既刊

東野圭吾
疾風ロンド
生物兵器を雪山に埋めた犯人からの手がかりは、スキー場らしき場所で撮られたテディベアの写真のみ。ラスト1頁まで気が抜けない娯楽快作、文庫書き下ろし！
ひ12

東野圭吾
雪煙チェイス
殺人の容疑をかけられた青年が、アリバイを証明できる唯一の人物――謎の美人スノーボーダーを追う。どんでん返し連続の痛快ノンストップ・ミステリー！
ひ13

東野圭吾
恋のゴンドラ
広太は合コンで知り合った桃美とスノボ旅行へ。ところがゴンドラに同乗してきたのは、同棲中の婚約者だった！　真冬のゲレンデを舞台に起きる愛憎劇！
ひ14

東野圭吾
クスノキの番人
不当解雇された腹いせに罪を犯し、逮捕されてしまった玲斗のもとへ弁護士が現れる。依頼人の命令に従うなら釈放すると提案があった。その命令とは……。
ひ15

桜木紫乃、花房観音 ほか
果てる　性愛小説アンソロジー
溺れたい。それだけなのに――人生の「果て」に直面し、夜の底で求め合う女と男。実力派女性作家が狂おしい愛と性のかたちを濃密に描いた7つの物語。
ん41

実業之日本社文庫 は28

美人祈願（びじんきがん）

2023年6月15日　初版第1刷発行

著　者　花房観音（はなぶさかんのん）

発行者　岩野裕一
発行所　株式会社実業之日本社
〒107-0062　東京都港区南青山6-6-22 emergence 2
電話［編集］03(6809)0473［販売］03(6809)0495
ホームページ　https://www.j-n.co.jp/
ＤＴＰ　ラッシュ
印刷所　大日本印刷株式会社
製本所　大日本印刷株式会社

フォーマットデザイン　鈴木正道（Suzuki Design）

＊本書の一部あるいは全部を無断で複写・複製（コピー、スキャン、デジタル化等）・転載することは、法律で認められた場合を除き、禁じられています。
また、購入者以外の第三者による本書のいかなる電子複製も一切認められておりません。
＊落丁・乱丁（ページ順序の間違いや抜け落ち）の場合は、ご面倒でも購入された書店名を明記して、小社販売部あてにお送りください。送料小社負担でお取り替えいたします。
ただし、古書店等で購入したものについてはお取り替えできません。
＊定価はカバーに表示してあります。
＊小社のプライバシーポリシー（個人情報の取り扱い）は上記ホームページをご覧ください。

©Kannon Hanabusa 2023　Printed in Japan
ISBN978-4-408-55813-4（第二文芸）